Antje Herden

Männer. Frauen. Tage. Nächte.

Erzählungen

muschel

Erste Auflage 2009

Umschlag: Mathias Lück
Satz: Samuraikatze
Foto: juergenmai.de
Druck: Steinmeier GmbH, Deiningen
Printed in Germany

ISBN 978-3-936819-25-0

Inhalt

Für Frau Eilers

Nächte mit Brendan Fraser

Brendan Fraser saß vor mir auf einem Stein und schaute in dieselbe Richtung wie ich. Ich wusste sofort, dass er es war, obwohl er ziemlich weit entfernt auf dem Stein saß und ich ihn zudem nur von hinten sehen konnte. Trotzdem, ich wusste es sofort.

Vielleicht wegen der Landschaft, die sich vor uns ausbreitete. Ein feuergeformter Ozean, drohend gelborangefarben und windzerzaust. Dahinter etwas Wildes, nicht zu Erkennendes, wie von Turner Gemaltes. Der Boden trocken und rissig und sehr karg.

Ich sah mich genauer um. An der Feuerwasserkante entlang verlor es sich staubig bis in den Horizont. Hinter uns war nichts. Weil ich ein Nichts nicht begreifen konnte, beschloss ich, mich nicht mehr umzudrehen.

Ich saß ebenfalls auf einem Stein. Der Wind zauste. Ein unsichtbarer Adler schrie. Ich war ergriffen und fühlte ein Tremendum. Mir war nicht kalt und nicht heiß, ich verspürte weder Hunger noch Durst, noch sonst irgendetwas. Ich war. Allein mit Brendan Fraser.

Brendan Fraser saß auf seinem Stein und bewegte sich nicht. Er drehte sich nicht um, und er sagte nichts. Ich versuchte, am Wind vorbeizulauschen und war mir ganz sicher, Brendan Fraser saß einfach da und gab keinen Mucks von sich, er machte keine seltsamen Geräusche, er pfiff kein Liedchen vor sich hin, er blies nicht einmal die Backen auf.

Wir saßen eine ganze Weile auf den Steinen, so lange, dass sich ein unbestimmtes Gefühl der Langeweile einstellte.

Noch immer geschah nichts, und ich fragte mich gerade, was das denn alles solle, da lag ich in meinem Bett und war erwacht. Welch seltsamer Traum, dachte ich und vergaß ihn.

Erst, als ich wieder auf dem Stein saß, den ich nun als den meinen bezeichnete, als der Wind zauste, der Adler schrie, sich das wilde Etwas in der Ferne bäumte und Brendan Fraser noch immer einfach da saß, nichts sagte und sich auch nicht umdrehte, da wurde ich etwas ungeduldig.

Doch ich blieb sitzen und harrte. Bis ich erwachte. Zweimal hintereinander derselbe Traum, so etwas gibt es. Schade nur, dass gar nichts weiter geschah in diesem Traum. Zumal ich Brendan Fraser sehr schön und amüsant finde und mich gern mit ihm unterhalten hätte.

Vor dem nächsten Einschlafen las ich ein englisches Buch. In den letzten wachen Minuten formulierte ich einige unverfängliche Smalltalk-Ansätze. Man wusste ja nie, und ich wollte doch ein wenig vorbereitet sein. Leider hinderte mich das Suchen nach Vokabeln am Einschlafen, so dass ich schließlich damit aufhören musste.

Es hätte sowieso keinen Sinn gehabt, denn in dieser Nacht war Brendan Fraser beschäftigt. Eine endlose Reihe langsam dahin schreitender Menschen hatte sich gebildet, deren Ziel Brendan Fraser auf seinem Stein war. Er empfing jeden einzelnen mit einem herzlichen Händedruck, plauderte eine Weile mit ihm, schrieb ein Autogramm und winkte dem so Beschenkten lange nach. Ein Ende war nicht abzusehen.

Ich blieb auf meinem Stein sitzen, bis ich erwachte. Obwohl der Wecker laut vor sich hin piepte, blieb ich noch eine Weile liegen und fragte mich, was ich mir mit dem Traum sagen wollte. Es fiel mir nichts ein.

In der folgenden Nacht war die lange Reihe der wartenden Fans verschwunden. Brendan Fraser und ich waren wieder allein.

»Entschuldigen Sie«, rief ich in Brendan Frasers Richtung gegen den Wind an. »Hätten Sie vielleicht Interesse an ein wenig Konversation?«

Brendan Fraser reagierte nicht. Also begann ich wieder zu warten, bis ich erwachen würde.

Doch da erhob sich der schöne Mann plötzlich von seinem Stein und kam lächelnd auf mich zu. Ich fand sein Lächeln sah etwas unecht, aber sehr gut aus. Er trug einen schwarzen Anzug.

»Guten Tag«, sagte er. »Ich sehe Sie hier seit drei Nächten sitzen, und da habe ich mir überlegt, ob ich nicht mal hinüberkommen sollte«, begrüßte er mich und streckte mir die Hand für einen herzlichen Händedruck entgegen.

»Ach, Sie hatten mich bemerkt?«, fragte ich etwas verwirrt, denn das war mir gar nicht aufgefallen.

»Nun ja …«, meinte er, und seine blauen Augen verloren sich für einen Moment nach unten.

Irritiert schaute ich an mir hinunter. Ich war nackt.

»Oh«, sagte ich, »entschuldigen Sie bitte meinen Aufzug.«

»Aber das macht doch nichts«, versicherte er mir, und seine Augen blitzten ein bisschen.

»Das sind im Übrigen auch gar nicht meine Brüste«, erklärte ich.

»Das dachte ich mir schon. Dürfte ich mal …?«

Und er trat näher heran und nahm die Brüste, die nicht die meinen waren, vorsichtig in die Hände. Leider spürte ich von der Berührung nichts. Was ich bedauerte, obwohl es in sich logisch war.

»Ich weiß, wem sie gehören …«, begann Brendan Fraser zu erklären, unterbrach sich dann aber.

»Sie tragen da einen sehr schönen Anzug«, versuchte ich es einmal.

»Nicht wahr. Er ist ganz neu.«

»Vielleicht ein bisschen unpassend für diese Gegend hier«, wagte ich einzuwenden.

»Da haben Sie Recht. Ich sollte mir morgen etwas anderes anziehen.«

»Ja, ich sollte das auch tun«, sagte ich und fasste unauffällig an die großen Brüste, die nicht mir gehörten.

Brendan Fraser lächelte.

»Glauben Sie, wir werden uns morgen wieder hier treffen?«, fragte er dann.

»Ich weiß es nicht. Was meinen denn Sie?«

»Ich weiß es auch nicht«, seufzte er.

Wahrscheinlich hatte er die letzten Nächte auch nicht so aufregend gefunden.

Ich fragte mich, warum wir nicht über einander herfielen. Immerhin waren wir völlig allein, kein Mensch, so weit das Auge reichte. Zudem war ich nackt und mit wunderbaren Brüsten bestückt. Und er war der schönste Mann, den ich je getroffen hatte. Außerdem war das hier ein Traum. Wir hätten also durchaus tun und lassen können, was wir gewollt hätten. Niemand hätte je davon erfahren, und wenn doch, dann hätte uns niemand dafür zur Rechenschaft ziehen können.

Ich versuchte es mit einem kleinen Lächeln, zu dem ich meinen nackten Oberkörper straffte.

»Na dann«, sagte Brendan Fraser jedoch, »nett, Sie kennen gelernt zu haben.«

Und dann lächelte er sein Lächeln noch einmal, fuhr sich durchs Haar und ging zurück zu seinem Stein, auf den er sich schwer niederließ.

Auch ich setzte mich wieder und begann auf das Erwachen zu warten. Hin und wieder seufzte ich ein wenig sehnsüchtig. Was war das nur für ein unsinniger Traum?

In der Nacht darauf war Brendan Fraser nicht allein. Eine sehr blonde, sehr kurvige Dame mit einem lauten Lachen saß auf seinem Schoß. Die beiden schienen herumzualbern, außerdem küssten sie sich verstohlen. Ich konnte sehen, dass Brendan Fraser etwas verhaltener war als seine Begleiterin. Schließlich stand sie auf und kam zu mir gelaufen.

»Entschuldigen Sie, wäre es möglich, dass Sie sich vielleicht umdrehten? Wir wollen einen sehr intimen Moment miteinander teilen, und Brendan fühlt sich durch Sie gestört.«

Na, das wurde ja immer besser. Ich sollte mich in meinem eigenen Traum umdrehen, um nicht zu sehen, was ich da so träumte? Ich wollte aufbegehren. Doch stattdessen drehte ich mich ergeben um. Wenigstens war ich nicht mehr nackt, sondern trug ein seltsames Leibchen umgebunden, das notdürftig bedeckte, was nun wieder mir gehörte. Ich starrte in das Nichts, das ich nicht verstand, wartete und hörte die Adler schreien. Bis mein Wecker piepte.

Am nächsten Abend betrank ich mich vor dem Einschlafen. Vielleicht half es ja.

Tatsächlich, denn nun saß ich auf Brendan Frasers Schoß.

»Guten Abend«, sagte er und legte den Arm um mich.

»Endlich einmal«, erwiderte ich und kuschelte mich an seine muskulöse Brust.

Brendan Fraser trug ein hässliches, ärmelloses Hemd und roch sehr gut.

»Es tut mir leid, dass Sie jede Nacht in meinem Traum herumsitzen müssen«, begann ich ein Gespräch.

Brendan Fraser seufzte ein bisschen.

»Wer sind Sie denn überhaupt?«, fragte er dann, ganz nah an meinem Gesicht, und ich wollte so sehr geküsst werden, dass es weh tat.

Warum ich ihm die Wahrheit sagte, weiß ich nicht. Ich hätte doch antworten können, ich sei eine interessante Wissenschaftlerin, eine wilde Abenteurerin oder großartige Schriftstellerin. Stattdessen nannte ich ihm meinen Vor- und Zunamen, mein wahres Alter und erklärte, dass ich alleinerziehende Mutter zweier Kinder sei und schon seit sehr langem keinen Sex mehr gehabt hatte. Noch während ich sprach, hätte ich mir am liebsten die Zunge abgebissen.

Doch Brendan Fraser reagierte sehr freundlich, ignorierte den letzten Part und erzählte seinerseits eine Anekdote seiner Söhne. Er hatte drei. Und so saßen wir auf dem Stein, ich auf seinem Schoß in die Beuge seines starken Armes gekuschelt, und berichteten abwechselnd von unseren Kindern.

Als der Wecker piepte, hätte ich weinen mögen.

»Wissen Sie, ich frage mich langsam, was das hier eigentlich soll und wie wir wieder herauskommen«, sagte Brendan Fraser beim nächsten Mal.

Wir standen an der Feuerwasserkante und schauten über den orangefarbenen Ozean. Aber es war doch gestern sehr nett, hätte ich am liebsten erwidert.

»Vielleicht müssen wir über diesen Ozean segeln, um aus dem Traum herauszukommen?«, schlug ich stattdessen vor.

Brendan Fraser schaute etwas unschlüssig die wilden Wogen entlang. Und während er darüber sinnierte, wie wir dem Ganzen entkommen könnten, schaute ich ihn unauffällig von der Seite an und wünschte mich in seinen Arm. Nichts passierte.

»Wissen Sie was? Ich glaube, das hier ist gar nicht mein Traum, sondern der Ihre.«

Brendan Fraser schaute mich überrascht an, sagte aber nichts. Darum fuhr ich fort.

»Am Anfang dachte ich ja auch, dass ich Sie in meinem Traum gefangenhalten würde. Aber inzwischen glaube ich, es ist genau anders herum.«

»Aber das ist doch nicht logisch«, sagte Brendan Fraser. »Während Sie mich sicher schon einmal in irgendeinem Film gesehen haben, kenne ich Sie doch überhaupt gar nicht und habe Sie zuvor noch nie gesehen. Wie soll ich denn dann von Ihnen träumen können?«

Das hörte sich nicht schön an, war aber ein nicht von der Hand zu weisendes Argument. Trotzdem. Wäre das hier mein Traum, dann stünden wir sicherlich nicht ratlos an der Feuerwasserkante herum und wüssten nicht, was tun.

»Wissen Sie, wenn das hier mein Traum wäre, dann stünden wir sicherlich nicht ratlos an der Feuerwasserkante herum und wüssten nicht, was tun. Dann wäre auch die blonde Dame vorgestern nicht aufgetaucht, die Sie ja zu kennen schienen und ich nicht. Außerdem hätte ich etwas Vorteilhafteres an und würde ganz andere Dinge sagen, und Sie, Sie wären längst in mich verliebt oder hätten mich zumindest in die Arme gerissen und geküsst. Mindestens.«

»Ich verstehe, was Sie meinen«, murmelte Brendan Fraser.

»Vielleicht haben Sie mich ja doch schon einmal irgendwo gesehen?«

Ich wusste selbst, wie unwahrscheinlich das klang.

Brendan Fraser schaute mich aufmerksam an und versuchte nicht verletzend zu sein, als er antwortete:

»Ich hätte keine Idee … wo.«

Ich zerbrach mir den Kopf.

»Sie drehten doch vor einem Jahr in der Schweiz, nicht wahr?«

»Ja.«

»Nun, ich arbeite hin und wieder als Werbemodell, und in dem Jahr lachte ich von den Plakaten einer Schweizer Versicherung. Die hingen überall im Lande.«

Brendan Fraser schaute mich noch einmal sehr aufmerksam an, und ich setzte mein Werbelachen auf.

»Ich erinnere mich. Da waren auch zwei Kinder mit auf dem Plakat, richtig?«

»Genau.«

Ich strahlte ihn an. Dass er dieses Plakat, dass er mein Gesicht so in Erinnerung behalten hatte, dass er sogar von mir träumte, war so wunderbar, dass ich hätte jubeln können.

»So ein Plakat hing gegenüber dem Restaurant, in dem wir oft aßen. Jemand hatte die beiden vorderen Schneidezähne schwarz und eine riesige Warze auf die Nase gemalt. Es sah sehr lustig aus.«

»Oh«, machte ich und fasste mir ängstlich an die Nase.

»Da ist nichts«, beruhigte mich Brendan Fraser. »Jetzt, nachdem das geklärt ist, muss ich mich wohl entschuldigen, dass ich Sie hier festhalte.«

»Ach, so schlimm finde ich es gar nicht«, sagte ich mit Schmelz.

Er lächelte wieder sein Lächeln, und ich seufzte einmal mehr sehnsüchtig in mich hinein.

»Entschuldigen Sie bitte den Besuch der blonden Dame vorgestern.«

»Ist schon in Ordnung«, sagte ich großzügig, obwohl es zum Heulen gewesen war.

»Ich habe meine Kamera dabei. Darf ich ein Foto von Ihnen machen? Zur Erinnerung«, fragte mich Brendan Fraser, und ich nickte und posierte dann ein bisschen für ihn vor dem gelborangefarbenen Feuerozean.

Der heiße Wind zauste in unseren Haaren, und ich hätte mir so gern das kleine Leibchen vom Körper gerissen. Aber es war ja nicht mein Traum.

Als ich erwachte, hatte ich Tränen in den Augen. Und da wusste ich, ich würde Brendan Fraser nie mehr wiedersehen. Aber Brendan Fraser hatte von mir geträumt. Und vielleicht besaß er nun sogar einige Fotos von mir.

Im Wald

Ich sah ihn schon von weitem. Die Antwort *Bin auf der Party*, auf meine, für die abendliche Planung zu spät gesendete *Was machst du heute so?*-SMS, hätte ich ja nicht gelesen haben müssen. So tat ich überrascht, als ich ihm beherzt einen Kuss zur Begrüßung auf die Wange presste.

»Du hier?«, wagte ich gar zu fragen.

Und ich fühlte mich ein klein wenig großartig, weil er nicht wissen konnte, wie sehr ich so ein zufälliges Treffen erhofft hatte.

Eigentlich nannten wir uns Freunde, und so musste der Tag kommen, da wir beschlossen, uns diese Freundschaft nicht durch eine nachlässig geführte Affäre kaputt zu machen. Dabei war es schon fast zu spät gewesen. Ich hatte bereits begonnen, mich zu unseren Verabredungen sorgfältiger zu kleiden, trug die guten Unterhosen und rasierte mir die Beine, und nicht nur die.

Wir trafen uns nicht mehr, um Spagetti mit Fertigsoße zu kochen. Wir saßen nicht mehr bis drei Uhr morgens auf dem Sofa, ketterauchend, jammernd und Therapiebesuche analysierend. Wir betranken uns nicht mehr mit billigem Wein direkt aus der Flasche.

Wir hatten begonnen, in Restaurants zu gehen und den Wein aus langstieligen Gläsern zu trinken. Während man ihn nötigte, zu probieren, ob der Wein eventuell Kork enthielt, gedachte ich all der Flaschen, in die wir in Ermangelung eines Korkenziehers den Korken einfach hineingedrückt hatten.

Steif verliefen unsere Gespräche plötzlich. Denn längst ließ ich mich nachts von ihm berühren. Ich hatte mich einer schüchternen Verliebtheit hingegeben und sogar schon etwas gelitten.

Einmal erwähnte ich das kurz, wie am Rande. Er zog daraufhin verwirrt die Augenbrauen hoch, und ich wischte den Moment lässig vom porzellangedeckten Tisch.

Irgendwann schien meine emotionale Irritation überstanden, und eine letzte intime Verabredung verlief seltsam schön. Ein Anderer hatte zwischenzeitlich seine Liebe gestanden, und obwohl ich die gar nicht wollte, fühlte es sich wunderbar an und machte meine Augen strahlen. Und da wurde ich auch von ihm etwas länger gehalten, davor und auch noch danach, und er sprach eindringlich und leise über die Liebe im Allgemeinen, meinen Blick dabei suchend. Mit einem Lachen entfloh ich ihm und der ungewohnten Nähe.

Und dann schlug ich vor, nicht mehr miteinander zu schlafen, um die Freundschaft nicht zu zerstören. Sein erleichtertes Lächeln zwang mich zu bereuen. Er meldete sich für eine lange Zeit nicht mehr, und ich begann ihn zu vermissen. Darum also meine SMS am späten Abend, darum das provozierte zufällige Treffen auf einer dieser langweiligen Partys, die allein als Mittel zum Zweck herhalten sollte.

Er musste gesehen haben, dass ich den Ort des Geschehens gemeinsam mit einem anderen Mann betreten hatte. Der war zwar nur zeitgleich mit mir am Eingang gewesen, und ich kannte ihn gar nicht, aber dass konnte er nicht wissen.

Den ganzen Abend bemühte ich mich, nicht allzu häufig seine Gegenwart zu suchen. Ich verhielt mich mit mir bekannten Menschen partykompatibel, warf ihm jedoch verstohlene Blicke zu. Als er dann schließlich herüberkam und sagte, er sei müde und werde jetzt gehen, da bot ich ihm ganz spontan mein Geleit für ein Stückchen seines Weges an. Und als wir uns an der Ecke verabschiedeten, nahm ich allen Mut zusammen und zwang ihn in einen Kuss, bis er fragte: »Kommst du noch mit zu mir?«

Es gelang mir, das Zittern in meiner Stimme zu unterdrücken und nahezu unbeteiligt »Klar, warum nicht?« zu antworten. Blödes Spiel, versuchte ich nicht zu denken. Wir lachten beide ein bisschen, und es klang falsch.

Seine Bettwäsche war fleckig. Das konnte ich beim Blick in das Schlafzimmer sofort sehen. Ich musste nicht einmal bewusst hinschauen, das Bild seiner fleckigen Bettwäsche brannte sich direkt in meine Gedanken. Flecken, die schwer vorstellbar von einem Mann allein verursacht worden sein konnten. Er versuchte umständlich, eine alte, karierte Decke darüber zu breiten, dabei grinste er bemüht verschämt. Ich wünschte, sein Handeln hätte mich gerührt. Ich wünschte, er hätte es nicht getan, dieses Ausbreiten der karierten Decke. Ich wünschte, es hätte keine Flecken gegeben. Ich war wütend, dass ich sie überhaupt gesehen hatte. Ich war wütend, dass ich nach langen Wochen der Enthaltsamkeit die Erste für ihn hatte sein wollen. Weil er der Letzte für mich gewesen war.

Mir meiner eigenen Lächerlichkeit bewusst, brauchte ich dringend etwas zu trinken. Ich wollte mich entspannen, Trost finden in dem Gedanken, dass auch ich beim Fortgehen Flecken hinterlassen würde. Und vielleicht sammelte er sie ja auch, diese Spuren der Liebe auf seinem Laken. Ich war wild entschlossen, dafür zu sorgen, dass die unseren von einer Begegnung ganz besonderer Art erzählen würden, und kam mir bei diesem Gedanken schon wieder lächerlich vor.

In der Küche dekantierte er eine Flasche Wein in eine Karaffe. Das war neu. Wir liefen hintereinander ins Wohnzimmer. Dort wollte ich mich auf das Sofa setzen. Das stand seltsamerweise mitten im Raum. Das war auch neu. Und dann spürte ich den Widerstand der Sitzfläche später als erwartet. Ich fiel ungebremst, zu schnell, zu tief, und mit einem lauten Geräusch rutschte das schwere Möbel, von keiner Wand gehalten, mit mir über den Holzdielenboden. Grazil, gar anmutig, war das nicht gewesen. Und wir hatten die Weinkaraffe umgestoßen, das Sofa und ich. Mit den Worten »Gott, der Fußboden« und dem Gedanken »Mist, der Wein« wuchtete ich mich wieder heraus aus der unsäglichen Position und stürmte in die Küche, um Lappen und Handtücher zu holen. Damit begann ich akribisch den Rotwein aus den Fugen der Dielung zu saugen. Dabei überlegte ich fieberhaft, wie es nun weitergehen konnte. Unbefangen war das hier alles nicht mehr, der richtige Moment war verflogen, einfach weiterzumachen nicht mehr möglich. Wir mussten irgendwie neu anfangen. Und ich war mir nicht sicher, ob er das wollte. Er stand am Fenster und beobachtete mich wortlos. Dann ging er in die Küche, spülte dort die Lappen und Handtücher aus.

Ich fühlte mich plötzlich zu alt für diese Situation und zu müde, um zu dieser späten Stunde des Tages noch auf den Beinen zu sein, auf Beinen, die in kratzigen Netzstrümpfen steckten und in hochhackigen Schuhen endeten. Ich setzte mich vorsichtig auf das Sofa zurück und rutschte so weit auf der Sitzfläche nach vorn, dass ich meinen

Kopf auf die niedrige Rückenlehne legen konnte. Das war fast bequem, und ich hoffte, nicht allzu grotesk auszusehen. Ich schloss die Augen, lauschte den Geräuschen, die er in der Küche verursachte, fragte mich, ob er mich voller Begehren anschauen würde, wenn er zurückkäme, oder ob er sich einfach neben mich setzen und eine Zigarette rauchen würde, ein bisschen entnervt vielleicht, weil ich noch da war und meinen Schlummer nicht auf dem Sofa hielt, das in meiner Wohnung stand, aber zu wohlerzogen, um mich einfach vor die Tür zu setzen.

Seine besockten Füße kamen leise über die Dielen zurückgerutscht. Er setzte sich, und ich hörte das Schnappen des Feuerzeugs. Ich wusste nicht, ob er sich mir zugewandt hatte oder nicht, versuchte aber für alle Fälle schlafend und sexy zu wirken. Ich konzentrierte mich darauf, meine Lippen sich feucht und schwer wölben zu lassen. Ich wollte ihn erregen, falls er mich heimlich betrachten sollte.

Da spürte ich, dass meine Unterlippe zu zittern begann, und ich versuchte, unauffällig den Mund zu entspannen. Dabei entließ dieser einen zwitschernden Laut, begleitet von einem kleinen Speichelschwall, der mir die Wange hinunterlief. Es war unerträglich. Ich würde mit geschlossenen Augen hier hingekauert verbleiben müssen, bis der unangenehme Moment lange vergangen, womöglich so lange, bis er zu Bett gegangen war. Dann konnte ich mich vielleicht heimlich davonschleichen.

Er verhielt sich vollkommen still. Immer unmöglicher schien es mir, aus meinem angeblichen Schlummer wieder zu erwachen, ohne dass er mich durchschaut haben würde. Obwohl er das sicher längst getan hatte. Dabei war es mir tatsächlich gelungen, den Impuls zu unterdrücken, mir über die nasse Wange zu wischen.

Das Sofa knarrte. Zuerst schmeckte ich seinen zigarettenschwangeren Atem, dann seine Lippen, die Zunge. Seine Hände begannen über mein Gesicht und meinen Hals zu streicheln. Seltsam ungeschickt fühlte sich das an, stockend und zittrig. Er hatte kleine Hände, vielleicht lag es daran. Ich kannte sonst keinen mit kleinen Händen, und er hatte mich noch nie zuvor gestreichelt. Ich schämte mich, die Schlafende gespielt zu haben. Vielleicht liebte er mich ja doch.

Durch seine Berührung durfte ich endlich erwachen. Er führte mich ins Schlafzimmer, und die nächste Stunde machte das zuvor peinlich Durchstandene nahezu vergessen. Als er sich schließlich auf die Seite drehte, packte mich der Übermut, und ich beschloss, dass er mich morgen früh gern am Frühstückstisch sehen würde. Darum kuschelte ich mich mit unter seine Decke und schlief beinahe unbekümmert hinter seinem Rücken ein. Er sagte nichts dazu.

Am nächsten Morgen erwachte ich abrupt, wie durch ein lautes Geräusch. Neben mir auf dem Boden stand ein Glas Latte Macciato und das wohl schon eine ganze Weile. Der Milchschaum war eingefallen und hatte auf der Glasoberfläche eine trockene Blasenstruktur hinterlassen. Ich lauschte. Und plötzlich war ich mir sicher, allein in der Wohnung zu sein. Ich stand auf, griff nach dem Glas und lief durch die Zimmer. In der einfallenden Sonne tanzte der Staub. Der Kaffee war noch nicht kalt.

Langsam zwängte ich mich wieder in mein Ausgehkleid und die Netzstrümpfe. Dann setzte ich mich auf das Sofa mitten im Raum und versuchte mir darüber klar zu werden, wie es sich anfühlte, dass er einfach gegangen war, seine Wohnung verlassen hatte, bis auch ich gegangen sein würde. Ich redete mir ein, mich über den bereitgestellten Kaffee gefreut zu haben. Doch als die Toilettenspülung zu rauschen begann, konnte ich das Gefühl einer spontanen Erleichterung nicht unterdrücken.

Er kam aus dem Bad, und wir lächelten schüchtern.

Er bot Frühstück an, wie jedes Mal, wenn ich hier übernachtet hatte. Und wie jedes Mal war es ein richtiges Frühstück, und hätte ich den Frauenmagazinen Glauben schenken dürfen, dann wäre er an einem gemeinsamen Leben mit mir interessiert gewesen, denn er hatte Orangen zu Saft gepresst, Eier in einer heißen Pfanne verrührt und Käsescheiben auf einem dafür vorgesehenen Teller dekoriert.

Doch wie jedes Mal hörte ich mich schlucken und das Messer über den Toast kratzen. Und wie jedes Mal war die einzige Berührung des neuen Tages ein flüchtiger Kuss. Und wie jedes Mal schwor ich mir, hier nicht noch einmal zu übernachten. Und wie jedes Mal wusste ich, dass ich es doch wieder tun würde, sollte er mich noch einmal fragen. Und gute Freunde hatte ich eigentlich auch genug.

Ich saß vor meinem Frühstücksteller im verknitterten Kleid und mit rutschenden, zerrissenen Strümpfen, die Unterhose von gestern tragend und die Wimperntusche als dicke schwarze Balken unter den Augen, eingehüllt in alten Zigarettenrauch und mit alkoholbedingtem Kopfschmerz. Mir war kalt, und ich musste dringend auf die Toilette.

Dabei hatte ich schön sein wollen, begehrenswert, eine Traumfrau, um die er hätte kämpfen müssen, um die er hätte kämpfen wollen. Doch davon war ich weiter entfernt als je zuvor.

Hätte ich nach Hause gehen müssen, gestern nach der Party? Sein Angebot, ihn zu begleiten, zwar provozieren, es dann aber ablehnen müssen? Waren das Kleid und die Farbe – Schwarz um die Augen, Rot um den Mund – nicht genug gewesen? Hätte ich die einst verschämt hoffnungsvoll erworbenen Silikon-BH-Einlagen tragen sollen? Sie liegen ganz unten im Korb mit den Unterhosen in meinem Schrank, niemals käme ich auf die Idee, sie tatsächlich zwischen meine Haut und einen eigentlich überflüssigen Büstenhalter zu klemmen. Was täte man mit denen, wenn der erwünschte Geliebte ihn geöffnet haben würde? Fielen die schweren, zwar warmen, aber doch falschen Brüste dann einfach so herunter und man träte schnell darauf, hoffend, dass sich das austretende Silikon in den großen, unverteerten Dielenfugen verliefe? Und wenn man gar nicht in einer Altbauwohnung wäre oder auf einem Teppich stünde?

Ich versuchte es mit Worten, mit lauten, schnellen, unzähligen Worten. Ich atmete wenig, kaute nicht, klammerte mich an den Toast, von dem der Honig über meine Hand lief, und flehte mit den Augen, er möge die Geräusche meines Magens höflich ignorieren. Und so redete ich mich an diesem kalten Morgen in der hallenden Wohnung um Kopf und Kragen.

Letztendlich leerte der schöne Jägersmann lustlos das Magazin, hängte sich die Flinte über die Schulter und schickte sich an, das Revier zu verlassen. Und ich, als graues Kaninchen, flitzte hinter ihm her und schmiss mich mit geschlossenen Augen nieder zu seinen Füßen.

muschel

Über das Buch:
Wurden Sie in Ihren Träumen schon mal fotografiert? Und entschuldigen Sie sich beim Weihnachtsmann, weil der Brief, den Sie schreiben, ausnahmsweise einmal nicht an ihn gerichtet ist? – Antje Herdens zauberhafte Geschichten, in denen sich berühmte Rockstars plötzlich auf der Wäschetonne materialisieren und die melancholisch-zarten Heldinnen an Ego-Konferenzen teilnehmen müssen, ziehen den Leser in ihren Bann und versprühen einen seltenen Zauber.

Über die Autorin:
Antje Herden, 1971 in Magdeburg geboren, studierte Chemie und Architektur, arbeitete als Fotomodell und wohnte u. a. in San Diego, Sydney, Kapstadt und Wien. Inzwischen lebt sie in Darmstadt.

Schieß doch! Schieß doch! Schieß doch!

Meine Lider öffnete ich erst wieder, als seine klitzekleine Gestalt am Horizont kaum noch zu erkennen war.

Und ich dachte, einen guten Freund bräuchte ich jetzt, dem ich davon erzählen könnte.

Für sich

Jäh fällt ihr der kleine Deckel des Milchkartons in die Kaffeetasse. Sie schaut ihm beim Ertrinken zu und beginnt zu weinen. Er streckt ihr die dünnen Plastikärmchen entgegen, wimmert verzweifelt. Sie kann nichts tun, ist wie erstarrt, kann seinem Dilemma nur hilflos mit den Augen folgen. Während Tränen den Wasserspiegel in der Tasse steigen lassen. Doch dann gibt sie sich einen Ruck, rettet den kleinen Kerl aus seinem kochendheißen Bad. Sie lauscht dem Verhallen ihres Schluchzens, wischt das Nass von den Wangen, senkt sinnend den Kopf. Es ist also wieder so weit. Ohne Zweifel. Sie steht mitten im Tanz der Hormone, wird herumgewirbelt, rundherum, herum, herum. Sie ist schwanger. Wieder einmal schwanger.

Er sieht sich seinem Abbild in einer Schaufensterscheibe gegenüber. Zieht die Schultern zurück. Brust raus. Hinter der Scheibe wohnen die Puppen mit dem beängstigenden Lächeln. Keine Zähne, sondern weiße Leisten. Er sollte sich auch so eine Hose kaufen. Sitzt nicht mehr gut, die seine, hängt am Hintern und schleift durch Hundekot, Bierlachen und Staub. Die in der Agentur sagen nichts. Wahrscheinlich halten sie ihn für extrem lässig. Wohl eher für verschroben, relativiert er. Vielleicht für einen entspannten, eigentümlichen, aber netten Typ. Einer mit vielen Bekannten und jede Nacht unterwegs, einer, der die Clubs kennt, bevor sie eröffnen, einer, der auf subversiven Ausstellungseröffnungen herumhängt, der sich seine Musik am Rechner selbst kreiert und dessen gebrannte CDs heiß begehrt sind. Einer, der auf jede Party eingeladen wird. Wenn die wüssten. Aber niemand weiß, obwohl sie seit vier Jahren zusammenarbeiten. Vier Jahre schon. Wahrscheinlich denken sie gar nicht so über ihn. Wahrscheinlich denkt überhaupt niemand an ihn oder über ihn nach. Während sie in den neuesten Clubs herumstehen. Seine Schultern fallen in ihren energieärmsten Zustand zurück. Die ausgefransten Hosenbeine rutschen über das Pflaster.

Sie steht vor dem Spiegel und hält sich die spannenden Brüste. Dass sie es noch nicht längst bemerkt hat. Sie zuckt zusammen, weil das Telefon klingelt. Das passiert nicht oft. Vielleicht drei-, viermal in der Woche. Es ist Linda, die sie ihre Freundin nennt. Weil Linda die Person ist, die sie am häufigsten sieht.

»Ich bin wieder schwanger.«

Die Freundin schweigt.

»Soll ich vorbei kommen?«, fragt sie dann.

»Nein, nein, es geht schon.«

Nur niemandem Umstände bereiten, auch nicht Linda. Obwohl sie im umgekehrten Fall sofort zu ihr gefahren wäre.

»Ich gehe nachher beim Frauenarzt vorbei.«

»Okay. Ruf mich an, wenn du etwas brauchst.«

»Ja«, lügt sie.

In der Fußgängerzone stoßen sie aneinander. Sie sind in Gedanken gewesen, hatten den nötigen Abstand zu knapp bemessen. Aufgeschreckt wollen sie laut werden. Seine blauen Augen sind heller als erwartet. Ihr Mund ist trotzdem weich und voll.

»Entschuldigen Sie, bitte.«

Sagen beide.

Und gehen weiter.

Die hatte gut ausgesehen. Ein süßes Lächeln. Schöne Brüste. Er hätte sie auf einen Kaffee einladen sollen. Auf den Schreck. Das fällt ihm aber erst jetzt ein, da sie lange weitergeeilt ist. Wahrscheinlich hätte sie sowieso abgelehnt. Keine Zeit. Nicht für einen wie ihn. Da brauchte er gar nicht erst zu fragen. Diese Abfuhr musste er sich nicht extra abholen. Sicher hätte sie über ihn gelacht. Später dann, wenn sie ihrem Freund erzählte, was da für einer sie zum Kaffeetrinken habe einladen wollen. Mit solchen Hosen. Und das in dem Alter. Ich bin übrig. Die guten sind alle weg. Auf beiden Seiten. Haben sich zusammengetan, bevor er es bemerkte, bevor er überhaupt jemanden wollte. Und die, die dachten, dass keiner sie haben wollen würde, die haben sich gegenseitig gefunden. Halten sich jetzt fest. Nur nicht allein sein.

»Der Test ist positiv. Wann hatten Sie ihre letzte Menstruation?«

»Ich weiß nicht. Vor acht Wochen vielleicht.«

»Sie müssen besser auf sich achten.«

Er seufzt bekümmert, und sie würde gern trostsuchend ihre Hand unter die seine schieben.

»Wann hatten Sie denn das letzte Mal Verkehr?«

Sie rechnet nach, obwohl das gar nicht nötig wäre.

»Vor 23 Monaten.«

Er schaut sie ernst an, nimmt die Brille ab.

»Das ist jetzt schon das dritte Mal.«

»Es tut mir leid,« flüstert sie und beginnt leise zu weinen.

Er spritzt das kalte Gel auf ihren Bauch, und sie spürt die Brustwarzen hart gegen das Shirt drücken. Die Ultraschallsonde sendet Bilder aus ihrem Unterleib an den Monitor.

»Da ist es.«

Sie starrt auf die leere Hülle, die sich verzweifelt an die Gebärmutter klammert.

Wieder seufzt er bekümmert, wischt ihren Bauch mit grauem Papier ab.

»Ziehen Sie sich bitte wieder an.«

Den Termin für die Ausschabung legen sie für die nächste Woche fest.

Sie will das lästerliche Höhnen nicht hören. Flüchtet. Er hatte schöne Augen gehabt. Für einen Moment hatte sie etwas wiedergefunden. Unsinn. Jemand wie er würde sie niemals für interessant erachten. Ich bin zu langweilig, denkt sie. Zu langweilig für die, die ich glaube zu wollen.

Er möchte nicht in die leere Wohnung zurück. Noch nicht. Sie hatten ihm einen freien Tag aufgenötigt. Weil er das ganze Wochenende durchgearbeitet hatte. Ganz betreten hatte Thomas ihm auf die verspannten Schultern geklopft. Wollte etwas gutmachen und schickte ihn ins Leben hinaus, wie er sagte. Aber da war nur Stille gewesen. Eigentlich müsste er etwas völlig Verrücktes unternehmen. Den Tag nutzen. Es will ihm nichts einfallen. Allein macht sowieso vieles keinen Spaß. Er ist müde. Immer müde. Lebensmüde.

Er setzt sich in ein Café, will eigentlich ein Bier bestellen, sagt dann aber doch: »Einen Kaffee, bitte.« Den trinkt er schwarz, obwohl er das nicht mag. Man müsste rauchen, denkt er. Dann hätten die Hände etwas zu tun. Und man sähe beschäftigt aus.

Sie liegt in der Badewanne und rasiert sich. Lang sind die Härchen inzwischen, bestimmt einen Zentimeter. Dann ist die letzte Rasur über einen Monat her. Gradmesser ihrer sexuellen Erwartungshaltung. Wie traurig das ist. Sie spürt die warmen Tränen das Gesicht herunterrinnen, den Hals entlang, an dessen Ende sie sich mit dem Badewasser vermischen. Plötzlich ist ihr die Rasur peinlich. Als würde heute noch etwas geschehen. Könnte sie einer so sehen. Als gäbe es jemanden, der Wert auf ihre glatte Haut legen würde. Früher war das anders. Da hatte sie keine Zeit gehabt, sich zu rasieren. Das überließ sie den Männern. Die integrierten das ins Liebesspiel. Irgendwann ist man zu alt, eine Schlampe zu sein. Irgendwann ist das nicht mehr verrucht, nur noch peinlich. Die meisten haben inzwischen Kinder. Sie brachte es nur zu einer dritten Scheinschwangerschaft.

Er war einfach sitzen geblieben. Schließlich war es nicht mehr mühsam gewesen. Er hatte über etwas nachgedacht, und das taghelle Café hatte sich in einen schummrigen Club verwandelt. Dass er angefangen haben musste, Bier zu bestellen, war ihm entgangen.

Die Menschen um ihn herum sehen anders aus als die vor Sonnenuntergang. Die Dämmerung steht ihnen gut. Angespannte Erwartung flirrt durch die Luft. Vorwitzig und unbelehrbar. Die sichere Enttäuschung der letzten Stunde lässt ihn schon jetzt bitter aufstoßen.

Sie ist mit Linda verabredet. »Lass uns irgendwo etwas trinken.« Das ist übrig geblieben vom wilden Leben. Sie ist eine Viertelstunde zu früh und betritt den Laden nur, weil es zu regnen beginnt. Sie setzt sich an die Theke. Unwohl kriecht es ihr die Wirbelsäule entlang, weil sie die Blicke fühlt. Doch letztendlich dafür hatte sie eine Stunde im Badezimmer verbracht. Wie verletzend die Vorstellung, wenn es anders wäre.

Sie sieht ihn sofort. Er sitzt allein. Es war ihm nicht wichtig gewesen, seine Kleidung für die Nacht zu wechseln. Auch das gefällt ihr. Da sitzt ein Mensch, der sie interessiert. So etwas passiert nicht oft.

Hätte er noch einmal an sie gedacht, wenn sie ihm nicht plötzlich gegenüber sitzen würde? Nein, versucht er sich zu belügen. Aber sie war die einzige, die ihn angesehen hatte, seit langer Zeit. Das hatte er für einen Sekundenschlag glauben wollen. Er ertränkt diesen albernen Gedanken im nächsten Schluck seines Biers. Denn jetzt schaut sie nicht einmal mehr an ihm vorbei, sondern einfach nur durch ihn hindurch, als wäre er auf unheimliche Weise materielos.

Er erkennt sie nicht. Und sie ist froh, sich ein grüßendes Lächeln verkniffen zu haben. Wie unangenehm es gewesen wäre, auf einen verständnislosen Blick gestoßen zu sein. Sie weiß nicht, wo sie hinschauen soll. Er soll nicht denken, sie blicke zu ihm. Sie verlagert den Fokus hinter ihre Nasenwurzel. So sieht sie nichts und glaubt, gelöst zu wirken.

Es gab Zeiten, da raubte der Mann die Frau vom anderen Stamm. Schulterte sie und rannte davon. Keine Fragen. Keine Gefahr einer Abweisung. Es gab Zeiten in seinem Leben, da ergab es sich. Da fragte nicht er und auch nicht sie. Die Dinge widerfuhren ihm. Alles hatte seine Bestimmung. Damals verschwendete er nicht einen Gedanken daran. Die Unsicherheit der pubertätsbelasteten Jahre hatte ihm Anke genommen, Anke, die ihn durch diese schwierige Zeit begleitete. Es gab nur das Wir. Als daraus das Ich wurde, empfand er das als logische Entwicklung. Erst spät fiel ihm auf, wie selten es ein Wir noch gab.

Er trinkt das Glas leer und verlässt den Club. Geht nach Hause. Langsam. Allein. Wie sonst.

Am Anfang war es wir früher

Sie muss ihn ziehen lassen, den schönen Mann. Und es nützt auch kein Flehen oder ein Am-Ärmel-Festkrallen. Das weiß sie. Es bleibt nur die Hoffnung auf das nächste Mal.

»Verdammt«, flüstert sie ins Kissen und öffnet die Augen.

Sein Mund steht offen, und ein Speichelfaden zieht sich auf das Bettlaken. Ein großer nasser Fleck hat sich dort gebildet. Sein übler Morgenatem schlägt ihr ins Gesicht. Sie steht schnell auf. Sie will sich nicht ekeln.

Am Anfang war sie länger liegen geblieben, hatte ihn zärtlich angeschaut, einen vorsichtigen Kuss auf seine offenen Lippen gedrückt. Am Anfang hatte sie gedacht, er sieht aus wie ein kleiner Junge. So unschuldig. Am Anfang ist immer alles besser. Wie dämlich er im Schlaf aussieht, versucht sie heute nicht zu denken.

Ein unangenehmes Geräusch penetriert ihn, buhlt nervend schrill um seine Aufmerksamkeit, holt ihn da weg und hierher. Irgendetwas verklebt ihm die Lider, hält ihn hilflos im Dunkel gefangen. Himmel, bin ich müde. Seine Hand tastet nach ihr und greift ins Leere.

»Noch zehn Minuten. Nur noch zehn kurze Minuten«, fleht er mit brechender Stimme und dreht sich auf die andere Seite.

Sie läuft fröstelnd ins Bad.

»Ich liebe dich«, flüstert sie in das Kalte des Flurs und schlägt erschreckt die Hand vor den Mund. Sie weiß nicht, zu wem sie das eben gesagt hat.

Sie zieht sich aus und stellt sich nackt vor den Badezimmerspiegel. Ich kann an keinem Spiegel vorbeilaufen, ohne mich anzugucken. Dabei gefällt mir nicht mehr, was ich sehe. Vielleicht gerade deshalb. Kann das irgendjemand? An einem Spiegel vorbeilaufen, ohne hinzusehen? Das wäre wie Buchstaben betrachten, ohne das Wort zu lesen.

Unwillkürlich zieht sie die Schultern nach hinten und den Bauch nach innen. So verschwindet die hässliche Falte unter ihren Brüsten. Wann hatte das angefangen, dieses Hängen und Schlaffen? Kein Wunder, dass er mich nicht mehr begehrt, denkt sie.

Sie schlüpft zurück in den ausgeleierten Jogginganzug. Ein zu würziger Geruch schlägt ihr entgegen. Sie sollte ihr Nachtzeug öfter wechseln.

Sie putzt ihre Zähne.

Irgendwann hatte jemand zu ihr gesagt, morgens sähe sie am schönsten aus. Wenn der sie jetzt sehen könnte. Sie gräbt sich nachts in die Kissen, das staut die Lymphe unter den Augen und presst ihr Gesicht in Falten, die sich lange nicht wieder glätten wollen. Manchmal trägt sie die ersten Morgenstunden eine Knopfleiste auf der Wange.

Er schlägt die Augen auf und wischt sich über den Mund, streckt sich und fährt mit der Hand über seinen Schwanz. Sie ist schon im Bad, wie immer. Und wie immer bleibt sie ungenutzt, seine prächtige Morgenerektion. Früher hat sie sich die nicht entgehen lassen. Wer zuerst wach war, weckte den anderen, sie ihn, sich auf ihn setzend, er sie, in sie eindringend. Früher schlief sie nackt. Dann war ihr das zu kalt geworden. Irgendwann hatten sie begonnen, sich gegenseitig mit einer Tasse Kaffee zu wecken. Wer eben zuerst wach war. Heute piept ein hysterischer Wecker, solange, bis er ihn ausschaltet. Sie stellt ihn extra auf die Kommode, außerhalb der Reichweite seiner Hand, wenn er sie vom Bett ausstreckt. Er muss sowieso mal pissen.

Als sie duscht, kommt er ins Bad. Verdammt. Dabei hat sie sich extra beeilt. Sie dreht das Wasser aus, obwohl ihr Körper noch seifig ist, stürzt aus der Kabine, und er fängt sie auf.

»Guten Morgen«, sagt er über ihren Kopf hinweg und gibt ihr einen klebrigen Kuss auf die Stirn. Immer auf die Stirn, wie der Vater dem Kind. Dabei ist er gar nicht größer, muss sich recken.

Am Anfang war sie schön. Die Reflexion ihres Gesichts in seinen Augen ließ sie sich selber lieben. Heute greift sie unter seinem Arm hinweg nach einem Handtuch, weil sie sich nackt fühlt.

Wie schön sie ist, denkt er. Erstaunlich, dass ich es sein darf, der sie nicht mehr begehrt. Er sieht sie ganz genau, die Blicke, die ihr folgen.

Wie immer senkt sie in seinen Armen sofort den Kopf, als hätte sie Angst, dass seine Lippen die ihren suchen könnten. Früher strahlten ihre Augen ihn an, erstaunlicherweise von unten, und er hatte das Gefühl gehabt, größer zu sein.

Sie hält die Luft an. Am Anfang konnte sie sich in seinem Duft verlieren. Wann hatte er angefangen, morgens so unangenehm zu riechen?

Sie gibt ihm einen schnellen Kuss, damit er sie loslässt, und flieht aus dem Bad.

Als das warme Wasser über seinen Körper läuft, entfährt ihm ein Laut des Wohlbehagens. Er lässt Duschgel in seine Hand laufen, viel zuviel, wie sie immer schimpft, reibt über seinen Körper. Fühlt sich gut an, und sein Schwanz füllt sich wieder mit Blut, gerade soviel, dass er sich groß und kraftvoll an seine Schenkel schmiegt. Schade, dass sie das nicht sieht. Er duscht länger als nötig, wartet auf sie, die nicht wiederkommt. Dann wird das Wasser kälter. Der Boiler ist leer.

Als das Geräusch des ablaufenden Wassers längst verklungen ist, öffnet sie die Badezimmertür laut und langsam. Sie will ihn nicht in irgendeiner peinlichen Situation erwischen. Sie hat die Vermutung, dass er unter der Dusche onaniert. Jeden Morgen.

Er posiert vor dem Spiegel, streckt den Brustkorb raus, lässt die Oberarmmuskeln und ein zufriedenes Lächeln um seine Lippen spielen.

»Na, was sagst du?«

Sie schluckt ihren ersten Gedanken hinunter.

»Du hast dir die Brusthaare rasiert?«

»Super, oder?«

Und zum Spiegel gewandt, mit finsterem Blick und tiefer Stimme:

»Auf Stahl wachsen keine Haare.«

Aber eben nur auf Stahl, denkt sie und sagt es nicht.

Sie schiebt ihn ein Stück zur Seite und cremt ihr Gesicht. Aus den Augenwinkeln betrachtet sie ihn heimlich. Die ganzen Sommersprossen und milchkaffeefarbenen Leberflecken, die hatte man vorher gar nicht gesehen. Seine Brüste sind größer als meine, denkt sie, unter den Haaren hatten sie an Muskeln erinnert. Außerdem ist er zu alt für solche Mätzchen. Nur weil er einmal die Woche im Fitnessstudio einen dieser ekligen Eiweiß-Shakes trinkt. Sie trägt doch auch keine bauchfreien Tops mehr.

Er trommelt zufrieden auf seinem Brustkorb herum. Sie bemalt und tuscht ihre Augen. Er hat mal gesagt, für ihn gäbe es nichts Erotischeres, als eine sich schminkende Frau. Sie schiebt das schwarze Bürstchen in die Hülse zurück. Er hat nicht ein einziges Mal geguckt.

Mit den Fingern fährt sie sich durchs Haar. Out-of-bed-Style. Endlich eine Mode, die ihr wirklich steht und die sie ohne weiteres hinkriegt. Sie wendet sich zum Gehen.

»Willst du dich nicht noch kämmen?«

»Wie bitte?«

»Deine Haare. Die stehen wirr in alle Richtungen und hinten am Kopf, da liegen die so platt an. Ich dachte, du wolltest dich vielleicht noch kämmen.«

»Ach, ja, klar, danke, für den Tipp.«

Sieht wirklich gut aus, er hätte das schon viel früher machen sollen. Im Fitnessstudio sah man eigentlich überhaupt keinen mehr mit Brusthaaren, nur die älteren noch. Er spannt erneut die Muskeln an. Das harte Training lohnt sich wirklich. Das muss ihr jetzt auch auffallen.

Als sie nach ihrer Tasche greift, kommt er aus dem Bad. Eine stille Sekunde stehen sie sich im Flur gegenüber. Dann nehmen sie sich automatisch in den Arm.

Er hat wirklich schöne Augen, denkt sie, und hält ihm, jetzt, da er die Zähne geputzt hat, die Lippen zum Kuss hin.

Er küsst sie. Sie versucht, seine Unterlippe zärtlich mit den Zähnen zu fangen, aber noch ehe das schmatzende Geräusch verhallt ist, hat er sich schon wieder zurückgezogen, und sie schnappt ins Leere.

»Bitte vergiss nicht, die Versicherung anzurufen«, sagt sie ein bisschen zu schrill und hofft, sie hätte nichts gesagt.

»Mach ich.«

Am Anfang wolltest du mich nie aus dem Haus lassen, nicht bevor du mit Hunderten von Küssen dein Revier markiert hattest. Am Anfang hätten dir die Stiefel und der Rock den Verstand geraubt, und du hättest dich vergewissert, dass ich ein züchtiges Höschen trage. Heute könnte ich nackt, nur mit Tasche und High-Heels angetan, losgehen. Du würdest es nicht einmal bemerken.

Sie trägt neue Schuhe, Stiefel mit hohen Absätzen und einen kurzen Rock. Sieht toll aus, denkt er. Schade, dass sie so selten einen Rock trägt. Früher ließ sie manchmal das Höschen weg, gewährte ihm unverhoffte Einblicke und seinen Fingern grenzenloses Eintauchen. Er drückt seine Nase an ihre Halsbeuge. Hat sie ein neues Parfum? Schneller als er möchte, hat sie sich von ihm losgemacht, schickt sich an, die Treppe hinunterzustürmen.

Früher kamst du jeden Morgen zu spät, weil du dich nicht losreißen konntest, denkt er.

»Wie bitte?«

»Was?«

»Hast du was gesagt?«

»Nein, ich dachte, du hättest was gesagt.«

»Nein.«

»Ach so, na dann. Einen schönen Tag, wünsche ich dir.«

»Ich dir auch.«

Dort

Ergeben klettert sie von der Ulme und schlüpft in das raschelnde Kleid. Sie wollte hoch hinaus, doch vor ihr hatte sich Weite erstreckt.

»Auf Wiedersehen«, sagt sie und fährt die rissige Borke entlang.

Es könnte der Ulme letztes Jahr sein. Ulmen leben gefährlich. Ulmen werden von Pilzen gefressen. Ganz und gar.

Mit den hohen Schuhen an den Füßen klappert sie über die Dorfstraße. Beinahe geht sie ohne den linken Absatz weiter, der sich zwischen die Kopfsteine in den Sand bohrt. Sie löst vorsichtig das dünne Riemchen und fährt aus dem Schuh. Ganz langsam zieht sie ihn an den Steinkanten vorbei. Mit dem Taschentuch wischt sie über das glänzende Leder, gibt ihm einen Hauch, der von weitem wie ein Kuss anmutet. Aber dort steht niemand, der sie würde sehen können.

Sie hat noch eine Weile und setzt sich an die Bushaltestelle. In einer Stunde kommt der 12er. Der brächte sie fort. Aber noch ist nicht Zeit. Zuerst hat sie einen Termin im Salon Feli.

»Du solltest ein Schild an der Tür festmachen. *Salon Feli* sollte darauf stehen«, sagt sie.

Die andere lacht, dass die schweren Brüste unter dem glänzenden Plastikstoff der Kittelschürze in Bewegung geraten. Sie steht über sie gebeugt mit Schere und Kamm und ohne Büstenhalter. Den Schweißgeruch atmet sie seit ihrer Kleinmädchenjahre.

»Warum denn *Salon Feli*?«, fragt Gertrud und klemmt die Zungenspitze zwischen die schlechtsitzenden, neuen Zähne, so sehr muss sie sich konzentrieren auf das, was sie tut. Es soll zum Ende dem aus einem Magazin gerissenen Foto ähneln, das vor ihr auf dem Küchentisch liegt.

»Wir könnten erst über die Männer an sich plaudern, dann könntest du mich fragen, wie es um mein Liebesleben steht und mir Ratschläge erteilen, wie ich die Misere meistern könnte«, sagt sie und schaut hinunter auf Gertrudes Hinterkopf mit dem plattgedrückten, grauen Haar, weil diese nun vor ihr kniet und mit einem Gerät, das leise kreischt, an ihren Fußsohlen herumkitzelt.

»Ihr seid euch doch noch gut, der Hanno und du, nicht wahr?«

Gertrud richtet sich stöhnend wieder auf und tupft sich Schweiß mit einem großen Taschentuch vom hochroten Gesicht.

»Aber sicher«, murmelt sie folgsam.

Sie schließt die Augen und stellt sich blondes, hochtoupiertes Haar vor, ein grell, aber sorgfältig geschminktes Gesicht mit einem niemals stillstehenden Mund, riecht den schweren Duft des teuren Parfums der anderen, die eben ihre Plaudereien unterbricht, sich entschuldigt, um auf bedrohlich hohem Schuhwerk zum läutenden Telefon zu staksen und dort den Hörer mit den sorgfältig manikürten Fingern aufzunehmen.

»Salon Feli, bitte schön? … – Na, so ein Luder, wart', ich komm gleich, die Annie ist noch hier, ich bin aber sogleich da.«

Gertrud kommt, schwer atmend, zurückgestapft. Ihre Pantoffeln machen ein furchtbar schlurfendes Geräusch.

»Die Elsa ist schon wieder abgehauen, wo die immer die Löcher im Zaun findet, jetzt müssen wir sie wieder die halbe Nacht lang suchen … Na, wie gefällst du dir, Anniekind?«

Anniekind muss sich gefallen und reicht wohlerzogen die Hand, sich zu verabschieden, kein Geld, denn das nähme die Gertrud nicht, schon gar kein Trinkgeld. Wie gern hätte sie ein großzügiges Trinkgeld gegeben.

»Machst du mir bitte einen Cappuccino, Helene?«

»Freilich, Annie«, sagt die Bäckersfrau und eilt freudig erregt zur blinkenden Maschine, drückt auf den Knopf, der dafür sorgt, dass das Verlangte mit Gezisch und Gegurgel in die bereitgestellte Tasse entlassen wird. Allzu oft darf sie die schwarzen Knöpfe nicht bedienen. Nur die Annie kommt jeden Tag.

Sie setzt sich vor die Bäckerei in die Sonne, an den klapprigen Tisch, der dort steht, versehen mit einer geblümten Decke. Den hatte die Bäckersfrau hier hinausgestellt, damals, als im vorletzten Sommer plötzlich ein Tourist vor der Kuchentheke stand. Ein Amerikaner auf den Spuren seiner Vorfahren. Er blieb eine ganze Woche und brachte alles durcheinander. Damals hatte die Bäckersfrau auch den Karl losgeschickt, dass er im Küchengroßhandel der großen Stadt die Kaffeemaschine kaufen möge. Der Amerikaner, der genau wie einer aussah, saß jeden Morgen an diesem Tisch, trank Cappuccino und aß eine Platte gedeckten Apfelkuchen. Gewohnt hatte er bei der Liselotte im Gästezimmer. Jeden Morgen war auch die Annie in die

Bäckerei gekommen, ließ sich einen Cappuccino geben und setzte sich zu dem Amerikaner mit an den Tisch. Wie sie ihn immer angeschaut hat. Miteinander reden hatte die Bäckersfrau die beiden jedoch nie gesehen. Im Frühjahr darauf hat dann die Monika, die Tochter der Liselotte, von einem blonden Buben entbunden, und die Bäckersfrau zögerte einen Moment, den Tisch wieder hinauszustellen. Aber die Annie hatte danach gefragt, und letztendlich ging das Leben weiter. Der Bub gedieh, und jedermann schloss ihn ins Herz. Und der Bertram hat die Monika im letzten Mai doch noch geheiratet. Nur um die Kaffeemaschine gibt es immer mal wieder Zank. Sie ist dem Karl ein Dorn im Auge, und eigentlich ist es nur die Annie, die einen Cappuccino bestellt. Espresso, den man auch mit der Maschine bereiten könnte, hat gar noch niemals einer verlangt. Auch einen Knopf für Latte Macchiato gibt es, aber sie weiß noch immer nicht, was genau das ist.

Sie sitzt vor der Bäckerei, trinkt Cappuccino und sieht wunderbar aus. Wie eine Dame von Welt, muss der Franz denken, der auf seinem klapprigen Rad versucht, auf dem Kopfsteinpflaster nicht zu stürzen.

»Schönen Tag, Annie. Kommst du denn heut' Abend in den Gemeindesaal?«

»Natürlich, Franz, komme ich«, ruft sie und hinterdrein denkt sie, was sollte ich denn sonst tun? Aber das lässt sie den Franz nicht hören.

»Ein Mjusiikäll ist es diesmal«, hatte ihr die Gertrud zugeraunt, als handele es sich dabei um etwas Ungehöriges. Und das ist es letztendlich auch, denn singen kann niemand in der Laienspielgruppe.

Alle werden sie kommen heute Abend und hätten sich hübsch zurecht gemacht und sie, sie wäre noch immer zu fein, so wie sie hier saß, am Vormittag vor der Bäckerei, in ihrem Cappuccino rührend und wartend, dass die Zeit käme, den 12er zu nehmen.

Hanno hatte ihr letztens angeboten, über Land zu fahren, so weit, dass die Lichter einer wirklichen Premiere für sie geleuchtet hätten.

»Ach, Hanno, das wäre ebenso, wie an einer Schokoladentorte zu riechen und dann kein Stück davon abzubekommen.«

Sie waren stattdessen auf den Traktor vom Franz geklettert, gekleidet in Anzug und Abendkleid, und den Feldweg hochgefahren, hoch hinauf auf den wiesigen Hügel der übriggebliebenen Ulme. Von hier hatten sie die Lichter weit weg in der Dunkelheit funkeln sehen. Sie hatten Champagner getrunken, während flackernde Kerzen Wachs auf den getrockneten Mist an den gewaltigen Rädern tropften und die laue Sommernacht sie mit allen Tönen und Gerüchen ihrer nächtlichen Zauberwelt zu verführen suchte.

Außer dem Franz auf seinem Rad kommen nur noch die Katzen vom Müllerhof vorbei. Zwei laufen ungerührt vorüber, aber die Gescheckte schnurrt heran, streicht ihr um die Beine. Aus großen grauen Augen schaut sie zu ihr hinauf, die Barthaare zitternd.

»Du auch?«, fragt sie die Katze, aber da läuft sie den anderen hinterdrein, Mäusejagen auf dem Heuboden.

Sie schließt die Augen und lauscht dem Geplauder am Nachbartisch. Da sitzen zwei, hübsch anzuschauen, mit

Taschen, die zu den Schuhen passen und Lippen in der Farbe der Nägel. Sie arbeiten zusammen in einer Agentur und scheinen sich einen Gefährten zu teilen, ohne das zu wissen.

Sie seufzt sehnsüchtig, schlägt die Augen auf und ist allein.

Das ist mein Zuhause, denkt sie verärgert und ihr mürrischer Blick streift die alten wuchtigen Schränke, Kommoden, Tische und Stühle. Seit zweihundert Jahren füllen sie das kleine Häuschen bis in die letzte Ecke.

»Ich brauche Licht und Luft!«

»Dann geh hinaus in den Garten«, sagt die dicke Berta hinter ihr, die eben die Eier bringt.

Die dicke Berta ist nur um ein Weniges älter. Sie waren Freundinnen. Freundinnen, denen es passierte, Freundinnen zu sein, als sie in nebeneinander stehenden Häusern geboren wurden.

»Berta, hat dich schon einmal einer geküsst?«

»Das weißt du doch«, sagt die dicke Berta traurig, aber dann strafft sie alles, was es zu straffen gibt an ihrem Leib, und das ist so einiges. »Der Richtige wird schon noch kommen, sagt die Mutter.«

»Glaubst du das wirklich? Wo sollte der denn herkommen?«

Sie sieht etwas Ängstliches in Bertas Augen keimen, und das hat sie nicht gewollt.

»Er wird kommen, Berta, ganz bestimmt, wird er kommen«, sagt sie schnell und umarmt die einstige Freundin.

Später liegt sie auf der Wiese unter einem Apfelbaum und schaut hinauf, späht durch die Zweige in das Sommerblau.

Die karierte Decke schützt sie vor Krabbelndem und das Kleid vor grünen Flecken. Der Duft der noch lauwarmen Hähnchenschlegel in Rosmarienkruste buhlt gegen die sonnenwarmen Kräuter und Wildblumen um ihre Gunst. Am Himmelsgewölbe ziehen Schäfchen und Häschen und Ponys und ein Waldschrat mit einem unglaublichen Bart als ein überdimensionales Panorama vorbei.

Er kommt zu spät, lässt sich und ihr Zeit. Der Wind streichelt sich ihre Beine hinauf, guckt ihr verschmitzt unter den Rock und haucht zarte Küsse auf Stellen, die bisher nur er berühren durfte.

Wenn sie nur schon dort wäre, dann wäre er nicht mehr der einzige. Sie würde einen duftenden Herrn in dunklem Anzug kennen, der sie an ihren freien Abenden ausführen und ihr ins Gewissen reden würde, doch endlich, endlich seinen Antrag anzunehmen. Nicht den, seine Frau zu werden, nein, denn die gäbe es ja bereits, samt dreier Kinder. Sondern in die größere Wohnung zu ziehen, die er längst ausgesucht hätte, um nur mehr ihm allein zu gehören. Aber sie liebte auch einen wilden Künstler, der Zigaretten rauchend Rotwein tränke, während er wunderbare Reden schwänge. Sowie einen jungen Musiker mit zerzaustem Haar, zerrissenen Hosen und allem Weh der Welt in den Augen, der mit ihr auf verbotene Reisen ginge und sie hin und wieder bäte, sich vor seinen Augen seines Freundes anzunehmen, weil er selbst nicht wagte, den zu berühren. Und vielleicht auch eine Frau, eine große, schlanke, die Hosenanzüge tragen und ihr langes Haar unter Hüten verstecken würde. Sie wären die allerbesten Freundinnen, aber wenn sie sich in die Augen schauten, dann wäre da etwas Unbestimmtes, etwas das im Bauch kribbeln würde.

Ihre Hand wandert verstohlen über das Kleid und nährt sich den vom Wind geküssten Stellen, bevor sie sie erschreckt wieder fortzieht. Eine kleine Margarite in ihrer Nähe muss sich ihrem plötzlichen Ungestüm ergeben, als sie mit Kraft herausgerissen wird. Die wilde Blume stirbt umsonst, denn sie gibt sich dennoch gewissen Träumereien hin und lupft nicht nur dem Wind ihren Rock, sondern auch ihrer suchenden Hand.

Als er dann kommt und sie mit einem Kuss begrüßt, kann sie sich nicht enthalten, ihn wissen zu lassen: »Du bist zu spät.« Doch unbeirrt nehmen seine Hände denselben Weg wie zuvor die ihren. Ein Seufzen entringt sich, von dem sie denkt, es sei ein ganz feines, er aber reißt sie in die Arme und lacht mit tiefer Stimme.

»Du hast mich trotzdem noch immer erwartet, meine Schöne.«

Hinterher klettert sie ohne Kleid auf den Apfelbaum, und beide vertiefen sich in die Aussicht.

»Es ist nicht genug«, sagt sie dann in die Weite hinein und weiß selber nicht, ob er es hören soll, denn das muss er oft.

»Mach die Augen auf und sieh, was du hast.«

»Sprichst du mir jetzt von dir?«

»Wäre das denn nichts?«

»Nein, nichts natürlich nicht, es ist schon etwas, aber … du weißt ja nicht einmal, wer Romeo und Julia sind.«

»Natürlich weiß ich das. Die Zicklein vom Franz.«

Sie atmet tief, als laste jegliches Gewicht aller Unwissenheit der Welt auf ihren Schultern.

»Siehst du, das ist es, was ich meine.«

Er betrachtet belustigt ihren entrüstet gereckten, nackten Leib hoch oben im Baum.

Am Ende sind sie tot, denkt er.

Sie schnaubt, und er spürt ihre Enttäuschung, sieht ihre vollen Brüste beben. Das amüsierte Lächeln, das sich in seine Mundwinkel geschlichen hat, kann sie nicht sehen.

»Komm da herunter, du wirst dir den Hals brechen«, sagt er, und das Belegte seiner Stimme rührt nicht von etwaigen Gedanken an die Weltliteratur oder der Gefahr, in der sie schwebt.

»Ich doch nicht«, lacht sie von oben und weiß, warum er ihren Abstieg begehrt.

»Eines Tages werde ich ganz oben wohnen, in einem Haus, höher als die übriggebliebene Ulme. Es wird einen Fahrstuhl geben, einen Fahrstuhl, der mich bis ganz hinauf bringt, bis ganz hinauf, über alle Dächer.«

Das Strahlen in ihren Augen kann er von dort, wo er sitzt, nicht sehen. Aber hören kann er es in ihrer Stimme, die der Wind fortträgt, über die Wiesen und weiter, immer weiter, bis dorthin, wo sie so gern wäre.

»Hier fliegen ja nicht einmal die Flugzeuge drüber«, fügt sie noch, etwas leiser, hinzu.

»Und wenn es nicht so wäre, nicht so, wie du es dir träumst?«

»Warum sollte es nicht so sein?«

Sie lacht zu ihm herunter, und er weiß nicht, ob ihn aus oder an. Und da denkt er, dass ein Auslachen letzten Endes weniger schmerzhaft wäre.

Unterwegs

Wir fahren durch die Wüste, und es ist nicht März, wenn alle Farben leuchten, weil die Blumen blühen. Es ist Juni und gelb, und hinter meinen geschlossenen Lidern explodieren blaue Sonnen. Die Hände behalte ich im Wagen, weil der Fahrtwind sie mir sonst verbrennen würde.

Es ist verstörend, wie lange geradeaus sein kann auf dieser Straße, die im rechten Winkel auf den Horizont zuläuft und immer gleich aussieht. Und dann dahinter noch immer: gleich. Wie ein sich niemals erfüllendes Versprechen. Aber auch darum bin ich hier.

Als violettes Bogenband rahmen die Berge in der Ferne die Wüstendecke, eine Abschlusskante, gehäkelt von der Großmutter des Weltschaffenden. Aber ich kann sie nicht fokussieren, weil die Luft in der Hitze flimmernd nach oben steigt, dabei die Bilder zerreißt, bevor sie meine Augen erreichen.

Am Straßenrand lauern seltsame Vögel, silberglänzend, auf einem Bein. In langen Reihen stehen sie da und sind Briefkästen. Weit erstreckt sich dahinter das Land, und da ist kein Haus, keine Hütte, kein Trailer. In der Ferne blitzt es manchmal auf. Nichts sonst.

Ich stelle sie mir vor, die Wüstenbewohner, wenn sie sich in der eisigen Morgenluft an ihren Briefkästen treffen, und während sie die ersten, schwachen Feuerstrahlen der Sonne erwarten, zwitschern, grunzen und fiepen sie sich mit zitternden Schnurrbarthaaren die allerneusten Neuigkeiten zu, unterbrochen nur von einigen vorbeidröhnenden Trucks, die sie für einen Moment in ihre Erdlöcher zwingen.

Noch immer geht es geradeaus. Die Schilder am Straßenrand erlauben fünfundfünfzig Meilen die Stunde, und obwohl wir das ganze Land überblicken und nirgends ein anderes Auto ausmachen können, halten wir uns daran. Sie würden sofort über einem schweben, in einem Helikopter, oder plötzlich hinter einem hupen, sozusagen aus dem Nichts heraus, mit ihren lächerlichen Sonnenbrillen und den Pistolen. Man müsste anhalten, dürfte aber nicht aussteigen, nicht einmal die Hände vom Lenkrad nehmen. Dann würden sie einem all das sauer verdiente Geld stehlen, das man verspielen oder schönen Frauen in das Strumpfband stecken wollte.

Wir fahren und fahren. Der Motor dröhnt monoton vor sich hin, ein zur Erlösung führendes Mantra.

Ich will einen dieser rollenden Büsche sehen, wie er vom Wind vor unserem Auto über die Straße getrieben wird. So stellt man sich das doch vor, in der Wüste. Aber da rollt nichts über die Straße.

Erst als ich neben dem Auto hockend meine Notdurft verrichte, bekomme ich eines dieser stachligen Gespinste unter den Hintern geblasen. Es dauert eine Weile, bis ich in das Lachen der anderen mit einstimmen kann. Dann fallen wir wieder in Schweigen, abrupt und ein wenig erschreckt, für einen schallenden Augenblick die innere Welt verlassen zu haben, in die wir mit verlorenem Blick auf den Wellen der Autoradiomusik wieder abtauchen. Wir vergessen zu trinken.

Die Wüste zu durchqueren, ohne einem Lucky-Luke-Kaktus zu begegnen, da fühlt man sich betrogen. Wir wollen nicht eher ein Nachtquartier suchen, bis wir eine dieser seltsamen Gestalten gefunden haben. Doch am Ende des Tages grüßt der Kaktus noch immer nur als gemaltes Abbild: Werbung verschiedener Motels und Bars, die wir hinter uns lassen.

Ich frage mich, ob diese grünen, stachligen Wesen womöglich längst ausgestorben sind, wie so viele andere, die man gemeinhin mit dem Wilden Westen in Verbindung bringt: kriegsbemalte Indianer und Büffel, schöne Helden und so etwas.

Und dann steht die Tankuhr auf null. Wir hatten gedacht, sie sei kaputt und nicht weiter beachtet, bis der Motor zu stottern beginnt.

»So was«, sagt der schöne Mann am Steuer, und wir steigen aus und rauchen eine Zigarette. Sie kratzt im Hals, weil wir vergessen haben zu trinken.

Wir schauen uns um: Wir sind weit im Nirgendwo, und das Band der Straße liegt fahrzeugleer bis zum Horizont, und neben dem Asphalt beginnt die staubige Erde, zieht sich bis zur nun schwarzen Kante der Berge, kein Lichtlein, das irgendwo aufleuchtet, und wir wissen, hinter dem Horizont geht es genauso weiter. Wir sind gefangen in einem Klischee. Und es wird dunkel und kalt und stürmisch.

Wir lachen und wollen Erregung empfinden ob dieses echten Abenteuers. Dass man heute in der Wüste stirbt, schändlich verdurstet, daran glaubt keiner von uns. Irgendwann muss ein Auto vorbeikommen.

Kommt aber nicht.

Die Zigaretten sind weggeraucht, wir frieren im Wind.

»Wir könnten die Türen aufmachen und die Straße entlang segeln.«

Also öffnen wir die Türen. Weil uns Abwarten und Nachdenken nicht weiterbringen, weil wir inzwischen nicht von kühlem Bier, sondern von schal gewordenem Wasser träumen. Liegengeblieben in der Wüste, da muss man unglaublichen Durst haben. In Wirklichkeit sind wir einfach müde, wollen irgendwo angekommen sein, in einem billigen Motel mit HBO, Getränkeautomat und brummender Klimaanlage.

Das Auto segelt los, und wir führen einen Indianerfreudentanz auf, mit lautem Schreien und aufgewirbeltem Staub.

Dann springen wir in den rollenden Wagen und feuern den Wind an.

»Schneller! Fester! Los, du schaffst das!«

Wir blasen die Backen auf und pusten heimlich mit.

»Wir sollten das Licht ausmachen, sonst ist nachher die Batterie leer.«

Da führt die Straße über eine Erhebung und die stürmende Kraft genügt nicht mehr. Wir ziehen die Türen zu und schauen einander an.

»Das ist jetzt ein Problem«, sagt der Mann auf dem Shotgun-Sitz lahm.

Als gäbe es den Landschaftshügel nur aus dem einen Grund, der Straße etwas Abwechslung im meilenlangen Geradeaus zu bieten, so liegt er da.

Wir beschließen, von der Straße abzubiegen und uns über den harten Boden der Wüste schieben zu lassen, um den Hügel herum und dahinter zurück auf den Asphalt in Richtung Zivilisation.

Wir öffnen die Türen wieder, der schöne Mann am Steuer dreht es zur Seite, nicht viel, um den Wind nicht zu verlieren. Der Wagen setzt sich in Bewegung, rumpelt über die verdorrte Erde. Der Wind reißt in unseren Haaren und die gesagten Worte ungehört von den Lippen.

Inzwischen umgibt uns nichts als Schwärze. Irgendwann wird mir klar, dass wir ein ernsthaftes Orientierungsproblem haben. Aber keiner will es zuerst bemerken, wir wollen Helden der Wüste sein, keine Angst zeigen, uns weit ab von der Zivilisation durchschlagen.

Und dann werden wir einfach angehalten. Rums. Nicht zu laut. Der schöne Mann lässt kurz die Scheinwerfer aufleuchten. Und da ist er, der Lucky-Luke-Kaktus, und er ist nicht allein. Sie scheinen dort zu Hunderten zu stehen, vereint in dem Wunsch, niemanden vorbeizulassen. Wir müssen hier übernachten, von Wind und Kakteen gefangengehalten.

Wüstennächte sind kalt, besonders kalt, wenn sie einen unvorbereitet treffen, viel kälter, als der Tag heiß gewesen ist. Aber plötzlich sehen wir die Sterne. Sie ziehen uns hoch in den Kosmos und fallen dann auf uns herab, und wir küssen und lieben uns, wir schauen nach oben und sagen:

»So was ganz und gar Schönes habe ich noch nie gesehen.«

Der Wind verstummt, und wir lauschen den Sphärenklängen und dem trockenen Rasseln der Klapperschlangen. Der kleine Löschpapierschnipsel, den wir uns unter die Zunge gelegt hatten, wäre gar nicht nötig gewesen.

Irgendwann entzünden wir ein Feuer, zerkratzen uns die Hände am trockenen Dornengestrüpp, das brennt wie Zunder. Es soll uns wärmen, die Dunkelheit und die Schlangen vertreiben, alles in ein romantisch flackerndes Licht tauchen, bevor sich Hoffnungslosigkeit

Bahn bricht. Wir haben Hunger und Durst und nur das Löschpapier. Das lässt uns sehen und hören und fühlen und hält uns wach.

Irgendwann drehen wir das Autoradio auf und tanzen, tanzen die Angst und die Kälte weg. Wir entledigen uns unserer Kleider, breiten die Arme aus und sind eins, eins mit irgendetwas, völlig egal, Hauptsache eins. Wir sind uns nahe, unglaublich nahe, zusammengekettet vom übermächtigen Gefühl, an diesem Ort und in diesem Moment etwas ganz Einmaliges zu erleben. Und wir wissen, wir wissen, wir werden diesen Augenblick und uns niemals vergessen. Wir wurden von den Sternen getraut und gehören zusammen, für immer.

Am nächsten Morgen weckt uns die Highway-Patrol. Wir hätten nicht einfach so die Straße verlassen dürfen, die gar nicht weit entfernt auf der braunen Erde liegt. Aber zwei von uns haben deutsche Pässe und die zwei Cops drei Gallonen Benzin in einem Kanister, und weil einer der beiden Herman heißt und seine Großmutter ihm einst Volkslieder beibrachte, lässt er zwei der Galonen in unseren Tank laufen.

Der schöne Mann setzt zurück. Der Lucky-Luke-Kaktus fällt um. Ich grüße das restliche grüne Dutzend, das vereint mit der Dunkelheit so beharrlich seinen Mann gestanden hatte.

Im Wegfahren stimmen wir mit ein: »... ein Jägersmann vom Rhein soll dein Beschützer sein ...«

In der Stadt steigen die anderen mit ihren Rucksäcken aus, verschwinden winkend in einem Casino. Der schöne Mann fährt zur Greyhound-Station und entlädt mein Gepäck.

Im Weggehen drehe ich mich noch einmal um. Er steht neben dem Wagen und schickt mir einen Kuss durch die Luft, wobei er umständlich versucht, das Papier mit meiner Adresse in die Hosentasche zu stecken. Es fällt vorbei. Ich sehe das, lächele ihm zu und wende mich zum Gehen.

Blätter im Wind

In Las Vegas verspielten wir das Geld reicher Männer, aber die Versprechen, die unsere glänzenden Abendkleider in die Casinos brüllten, hielten wir nicht. Wir ließen uns von tragischen Klavierspielern zu Tränen rühren und stillten unseren Durst ausschließlich mit Margaritas, die in dickwandigen Halblitergläsern serviert wurden. Wir schliefen nicht, und eine von uns heiratete. Einen, der in den Moment passte. Darum waren wir dann zu dritt unterwegs.

Später standen wir in den eisigen Wassern des Colorado und schrien mit den Adlern um die Wette. Weil wir uns sonst so klein gefühlt hätten. Weil unsere Muskeln vom Abstieg in den Cañon brannten und der Aufstieg noch bevorstand.

Nachts entzündeten wir ein Feuer im Wald, zu dem sich ein verloren wirkendes Pärchen und ein tatsächlich verlorener Landstreicher gesellten. Frenchy in the Wood. Wir aßen gegrillte Kartoffeln und tranken Wodka, dazu bot Frenchy seine Zuckertütchen an, die er in den Restaurants stahl und die ihm das Überleben sicherten. Die ihm darüber hinaus alle Zähne geraubt hatten. Vielleicht hatte er aber auch nie Zähne gehabt. Es sah so aus.

Über uns zog ein Komet, und Frenchy erzählte von denen, die mitfliegen wollten. Wir lauschten seinen Prophezeiungen und glaubten ihm. Es würde der Tag kommen, da er die Welt retten würde. Manchmal lachte er irre auf, weil die Kartoffeln und der Wodka seinen dürren Körper von innen wärmten.

Als das Feuer erloschen war, fanden wir keinen Schlaf. Die Kojoten heulten vor Kälte, und obwohl wir den Bus mit unzähligen Fellen ausgekleidet hatten, wärmte uns nur die Erinnerung an die heiße Wüstensonne des Tages.

Wir fuhren durch das öde Land Richtung Ozean. Der Ehemann spielte auf der Gitarre und liebte uns nachts, wenn die Sterne auf uns niederfielen und wir nicht mehr wussten, wer von uns beiden geheiratet hatte.

Wir waren müde und rastlos, und die beunruhigenden Geräusche des Motors ließen wir vom Radio übertönen. An den Tankstellen füllten wir das Öl nach, welches der Motor auf die Heckklappe spritzte. Langsam und qualmend knatterten wir die Wüstenhügel hinauf.

Dann brannte der Bus. Wir kletterten ins Freie, um wieder atmen zu können, um gegen die aufkommende Panik anzurennen. Der spontanen Eingebung, den Bus, der uns sowieso nicht gehörte, einfach zurückzulassen und weiterzuziehen, konnten wir nicht folgen. Wir hatten unseren gesamten Hausrat dabei, außerdem die Surfbretter, unsere Abendgarderobe und die Gitarre des Ehemanns.

Als sich der Rauch verzogen hatte, erkannten wir unten am Fuß der Anhöhe eine Ortschaft. Yuma.

»Kennt irgendjemand Yuma?«

Dorthin projizierten wir also unsere Hoffnungen: eine Werkstatt, die den Bus umsonst reparieren würde, und ein billiges Diner, aber vor allem einen, der uns sagen würde, was wir jetzt tun sollten.

Wir schoben den Bus über die Kuppe, sprangen hinein und rollten stotternd hinab. Wir waren sicher, einmal abgebremst und angehalten, würde der Bus nie wieder anfahren. Die Stimmung war zum ersten Mal gereizt, und wir stellten dem Ehemann frei, ohne uns weiterzuziehen. Er hätte nur aus dem rollenden Bus springen müssen. Wollte er aber nicht.

Da bohrte sich ein Metallbolzen in den linken Vorderreifen und verwandelte diesen in einen sinnlosen Gummilappen. Das Gefühl großer Verlassenheit überkam uns, obwohl der Ehemann bei uns geblieben war. Angefeuert und verflucht rumpelte der rauchende Bus bis in die hinterste Ecke des Parkplatzes eines Burgerrestaurants. Dort erstarb er mit einem Laut, der uns bestätigte, was wir längst wussten: Er würde nie wieder anspringen.

Es gab weiter nichts zu tun, also weinten wir etwas, bevor wir im hellerleuchteten Dairy Queen Vanilleeis mit zerkrümelten Schokokaramellriegeln aßen. Die Flasche Wodka, die für Notfälle im Bus versteckt war, löste den letzten Rest Anspannung. Als die blinkenden, einen 29-Cent-Burger anpreisenden Lichter irgendwann erloschen und der letzte Wagen den Parkplatz verlassen hatte, sahen wir die Sterne wieder über uns leuchten und waren frei und froh, immer noch zu dritt zu sein.

Geweckt wurden wir von Doughnuts kauenden Cops, die um uns deutsche Mädchen besorgt waren und darum das Abschleppen in eine Werkstatt veranlassten. Bis sich der Busbesitzer entschieden haben würde, was zu tun sei, warteten wir auf dem kiesbedeckten Hinterhof, während die Sonne stieg und niederbrannte und der Ölgestank uns den Atem nahm. Wir saßen im kleiner werdenden Schatten des Wagens, tranken Bier und spielten Karten. Der Busbesitzer schien kein Freund schneller Entschlüsse zu sein.

Irgendwann musste ich eine langsam wachsende Wut loswerden. Ich versuchte es mit einem Spaziergang durch das armselige Wüstennest. Und als ich vor einem schäbigen Diner immer wieder auf den Boden sprang, mich von heißen Staubwolken einhüllen ließ und dabei wie verrückt schrie, sprach mich Johnny an.

»Hey, du bist eines der deutschen Mädchen, die mit dem Bus liegengeblieben sind.«

Es hatte sich also schon herumgesprochen.

Er stand in der Sonne: Cowboyhut, Stiefel, Jeans, kariertes Hemd. Hatte eine Zigarette im grinsend verzogenen Mundwinkel und strahlend blaue Augen im Gesicht eines Hundertjährigen. Später erzählte er uns, dass er in den fünfziger Jahren Vizeweltmeister im Bullenreiten gewesen war.

»Lass uns ein Bier trinken, und dann bringe ich euch ans Meer.«

Johnny hielt mir die Tür auf, und im Vorbeigehen meinte ich ein »Beauty« zu hören. Er aß eine schwarze Bohnensuppe, dazu tranken wir Bier, und die dicke mexikanische Besitzerin des Restaurants fuhr uns abwechselnd mit fettigen Händen mütterlich über den Kopf.

Johnny bezahlte mit Wertmarken des Veteranenvereins, und dann gingen wir zu den anderen. Sie suchten schon nach mir. Der Bus sollte an Ort und Stelle verschrottet werden, und ich war stolz, unsere Rettung präsentieren zu können. Johnny versicherte, er habe sowieso nach San Diego gewollt, um mal wieder eine alte Liebe zu besuchen. Er hätte ein Auto, groß genug, all unsere Habseligkeiten zu transportieren. Er ließ sich von dem enormen Haufen unserer Besitztümer am Straßenrand nicht aus der Ruhe bringen.

Der Ehemann entpuppte sich als der meine, als er und der alte Cowboy anfingen, plötzlich Platzhirschverhalten zu zeigen. Erstaunt schauten wir ihnen dabei zu.

»Lasst uns ein Bier trinken«, unterbrach Johnny dann aber das alberne Spiel.

Ich warf einen besorgten Blick in die Runde. Johnny war ziemlich hinüber, und auch wir hatten seit dem Morgen gegen die Hitze und die aufkommende Verzweiflung angetrunken. Eigentlich konnte niemand mehr fahren. Johnny, der mir pausenlos seine blauen Augen hinterherwarf, missverstand meinen Blick und erklärte, er lade uns ein, und außerdem wolle er uns noch seinen Freunden vorstellen. Unserem Retter konnten wir den Wunsch, sich feiern zu lassen, keinesfalls verwehren.

Wir liefen auf der staubigen, menschenleeren Straße einige Blocks weit, bis zu einer wackligen Baracke, in der sich das Veteranenheim der Vietnamkriegsoldaten befand. Schummriges Licht, eiskalte, verrauchte Luft und lautes Gegröle empfing uns.

»Johnny, bringste die Kids zurück. In deiner Karre, Mann. Bier für alle.«

»Hey, Johnny, die hat ja gar keine Titten.«

Wir waren umringt von vulgären, alten, besoffenen Männern, und diese waren umringt von kichernden, alten, besoffenen Frauen, und ich wünschte, weniger gut Englisch verstehen zu können.

»Aber sie ist schön«, nuschelte Johnny und schaute mich verliebt an.

»Wirklich schön«, pflichtete der Ehemann bei, und die beiden prosteten sich zu.

Die anderen Männer versuchten uns zu küssen, und als wir uns irritiert abwandten, lachten sie.

»Keine Angst, Mädels, we are just dirty old men, stimmt's Jungs?«

Das waren sie in der Tat, und die nächsten Stunden hörten wir fasziniert und beschämt den Witzen und Geschichten dieser alten Männer zu, die sich noch immer als Welt und Frauen erobernde Kameraden aufführten, aber weder Zähne noch Haare besaßen.

Und plötzlich sah ich uns gefangen, gefangen in Yuma, von Mensch zu Mensch, von Situation zu Situation weitergleitend und immer ein Bier in der Hand. Wir würden hier nie wieder wegkommen. Ich war mir ganz sicher. Bis wir dann doch irgendwann wankend um eine Hausecke bogen, und Johnny mit stolzgeschwellter Brust rief: »Das ist mein Auto«, und sich unseren Augen ein klappriger Kleinwagen präsentierte, da brachen wir in Lachen und in Tränen aus. Und nur weil wir zum Denken zu betrunken waren, begannen wir stumpfsinnig und unkoordiniert einzuladen und wurden jäh unterbrochen, als der ganze Haufen unglaublicherweise im Auto verschwunden war. Die Surfbretter banden wir mit Gummiseilen, die wir durch die geöffneten Fenster führten, auf dem Wagendach fest.

Johnny drückte dem Ehemann die Autoschlüssel in die Hand und wollte sich neben mich auf die Rückbank quetschen. Doch das hatte ich kommen sehen und meine Freundin neben mich gezogen. Eng aneinander geklammert versanken wir in einen langen Kuss. Der enttäuschte Johnny nahm auf dem Beifahrersitz Platz und leitete mit beleidigter Stimme in die Wüste, in ein Trailerdorf hinein. Er wollte seine Sachen holen.

Sie kamen alle und schüttelten uns laut die Hand. Man nötigte uns, selbstgebrannten Kaktusschnaps zu trinken und für Erinnerungsfotos neben Menschen zu posieren, die den Arm um uns legten und breit in die Kamera grinsten. Johnny holte ein Päckchen Zigaretten aus seinem Wohnwagen, und dann fuhren wir los, endlich los, in Richtung Ozean.

Die Sonne ging unter, und ein Sturm zog auf. Vor einem drohend schwarzen Hintergrund leuchtete der rote Abendwüstenhimmel, und alles war still vor Erwartung. Da ging ein plötzlicher Ruck durch den Wagen, und die Surfboards vervollständigten als strahlend weiße Blätter, von einer Böe hoch in den Himmel gerissen, das surreale Bild. Der Ehemann hielt versunken an, und andächtig schauten wir den Brettern nach. Kein Laut war zu hören.

Dann brach der Sturm los.

Unser Wagen wurde geschüttelt, die niederkommenden Boards erfasste weit hinter uns ein Truck, Bremsen wurden malträtiert, und eine Reihe von mehreren Fahrzeugen bildete sich auf dem Seitenstreifen neben der Straße. Entsetzen packte mich. War jemand verletzt, alle Autos zerstört worden? Würden Cops kommen und bemerken, dass keiner von uns nüchtern war? Hatte der Ehemann einen Führerschein? Und Johnny, hatte der wenigstens irgendeine Versicherung? Ich wagte nicht, laut zu fragen. Unser unbeschwertes Leben würde also hier und jetzt enden und wir dazu verdammt sein, bis an unser Lebensende den entstandenen Schaden zu bezahlen.

Mit unglaublicher Kraft riss der Wind an unseren Haaren. Aber wir standen noch in den letzten Strahlen der Sonne, und vielleicht umgab uns ein himmlisches Leuchten, denn alle fragten besorgt, ob es uns gutgehen würde, und der Fahrer des Trucks winkte mit der Hand ab, als er seine verbeulte Fahrertür begutachtete. Alle fuhren weiter, und wir suchten die Überreste unserer Boards zusammen.

Wir ließen sie, mit einigen Tränen benetzt, im Wüstensand zurück.

Durch Sturm und Nacht fuhren wir weiter, stundenlang, während sich vor dem Fenster der heiße Sand in schwarze Steinwüste verwandelt hatte, und ich dachte noch, tagsüber muss das hier unheimlich schön sein, ich glaube, ich dachte, pittoresk, und dann schlief ich ein.

Hang loose

Wenn der Wind von der aufgehenden Sonne gedreht wurde, plötzlich vom Land her auf den Ozean blies und die anrollenden Wellen weit draußen zerfetzte, verklang die morgendliche Surf-Session bereits im Ziehen unserer erschöpften Muskeln, und nur ein schwaches Funkeln in einigen letzten Tropfen, die sich in Kens Haaren verfangen hatten, erinnerte an die glatten, grünen Wände, die wir juchzend hinuntergeglitten waren, geschoben und herausgefordert von der schäumenden Energie der sich brechenden Wassermassen hinter uns.

Manchmal lagen wir dann neben unseren Boards noch am Strand herum, konnten uns nicht lösen, hatten die engen Neopren-Anzüge auf die Hüften hinuntergerollt, und Bob drehte den ersten Joint des Tages, ein Tag, der trotz seiner frühen Stunde schon ein guter war.

Manchmal kamen Bikinimädchen vorbei, und die Jungs wiesen sie zuvorkommend und mit blitzenden Augen auf die im flachen Wasser vergrabenen Stingrays hin, kleine Rochen mit einem Stachel am Ende ihres langen Schwanzes, den sie aufgeschreckt um ihre Opfer wickelten, um zuzustechen und ihr schmerzendes Gift zum Beispiel in die Waden schöner, aber achtloser Bikinimädchen zu spritzen. Sie empfahlen den Mädchen mit den perfekt modellierten Brüsten, die von wenig, unter größter Spannung stehendem Stoff gehalten wurden, ins Wasser zu stampfen, um die schläfrigen Fische in die Flucht zu schlagen. Aber fest müsste man stampfen, richtig fest, um die notwendige Vibration zu erzeugen. Die Bikinimädchen schauten zunächst etwas abfällig auf uns nieder, blickten dann ungläubig ins friedliche Türkis, das lockend sanft am Sand leckte, setzten einen zögerlichen Fuß in die Wasserkante hinein und tanzten ihn dann tatsächlich – den Stingray Shuffle.

»Wunderschön, nicht wahr?«, fragte Ken.

»Immer wieder,« antwortete Bob, und sie grinsten, drehten sich auf den Bauch, zogen abwechselnd am glimmenden Papier und genossen die Aussicht. Sie waren der Meinung, letztendlich täte man den Mädchen gar einen Gefallen.

Später saßen wir auf dem Dach, tranken Bier, rauchten und beobachteten die Sonne. Sie erschien über dem linken Riegel des U-förmigen Wohnkomplexes, wanderte über uns hinüber und verschwand acht Stunden später hinter dem Riegel auf der rechten Seite. Wir hatten das genau beobachtet, wochenlang. Manchmal gingen wir dann noch einmal zum Strand und schauten der Sonne beim Ins-Meer-Fallen zu.

Immer gab es Musik. Kein Tag verging ohne den zu ihm passenden Soundtrack, der immer gleich klang, weil die Tage immer gleich vergingen. Bob Dylan klagte aus Bobs Fenster, weil der ein großer Fan war, genau wie auch schon seine Eltern, er hatte den Namen nicht von ungefähr. Die andere Band des Westküstensommers hieß *Sublime*, und ihre Musik scholl aus Kens Fenster, das dem von Bob direkt gegenüber lag. Wir bedauerten jeden Tag aufs Neue, dass der Sänger sich schon umgebracht hatte und wir so nicht auf mehr hoffen durften. Die beiden Alben liefen im Return-Modus, öfter auch gleichzeitig, damit sich niemand nach einer Dreiviertelstunde erheben und durch die

Fenster zu den Anlagen kriechen musste, um dann doch nur wieder auf »play again« zu drücken.

Manchmal kam uns der Gedanke, wie müssten irgendetwas tun, produktiv sein und vielleicht etwas Geld verdienen. Bob war Rechtsanwalt und Ken Lehrer für englische Literatur, so etwas wurde hier nicht gebraucht, aber sie würden niemals vom Ozean weggehen. Die Wahrscheinlichkeit, dass sie eines Tages von einem Surftrip hinter den Riffen eine verliebte Meernixe heimtragen würden, war ungleich größer, als dass die Briefkästen 4231 und 4232 irgendwann fremde Namensschilder zieren würden. Das Wenige, das Bob als Kellner und Ken auf dem Bau verdiente, genügte nur, wenn wir statt zum Sandwich mit Pastrami oder Käse zur Bierdose griffen.

Manchmal fingen wir die riesigen Kakerlaken, die es in der Dämmerung wagten, über unsere Beine zu flitzen, und schmissen sie in flüssiges Polyesterharz, das in der Garage parat stand, falls jemand sein Board reparieren musste. Nach dem Aushärten machten die festen Harzblöcke mit den eingeschlossenen Insekten so viel her, dass wir sie am Strand verkaufen konnten. Oder wir fädelten Gebilde aus Kalk auf Perlon- und Lederfäden, bizarre, kleine Kunstwerke, die uns der Ozean morgens in den Kliffs finden ließ und für die Touristen Geld zu zahlen bereit waren.

Es gab auch dieses seltsame ältere Ehepaar, das über Jahre hinweg sein Haus in den heißen, staubigen Hügeln des Hinterlandes mit Hilfe von Prospekten und Couponsammelheften mit Gratiszugaben zugemüllt hatte. »Pay one – get two«. Sie folgten diesem Ruf in alle Supermärkte und Geschäfte des Landes, horteten ihre Beute in Regalen, die zweireihig sämtliche Wände vom Boden bis zur Decke einnahmen und nach und nach die menschlichen Bewohner verdrängten. Man konnte beim Betrachten dieser Mauern aus Dosen und Verpackungen in allen erdenklichen Formen und Farben holographischen Chimären zum Opfer und in Trance verfallen, aus der man gewaltsam wieder herausgerissen werden musste. Darum gingen wir dort auch nur zu zweit hin. Wir konnten jederzeit am Gartentor auftauchen, und bevor wir auch nur einen Finger Richtung Klingel bewegt hatten, wurde die Haustür aufgerissen und wir lautstark bejubelt, wie die längst verloren geglaubten Königskinder. Irgendetwas, das sie uns mit fünf Dollar die Stunde vergüten konnten, gab es immer zu tun, auch wenn ein jahrelanger täglicher Achtstundenarbeitseinsatz einem objektiven Betrachter niemals aufgefallen wäre. »Wahrscheinlich haben sie einfach gern Gesellschaft«, dachte ich, wenn ich auf die Lady hinabsah, die auf allen vieren und mit mir plaudernd über den Teppich vorankroch, um den Weg zu ebnen für mich und den Staubsauger, indem sie herumliegende Kleidung, Schuhe, Zeitungen, Bücher, Verpackungen und Dosen nach rechts und links hinter Möbel und undefinierbare Anhäufungen warf, um so eine enge, hohle Gasse durch das Haus zu schaffen, die unser kleiner Zug passieren konnte. Aber wir tauchten nur selten am Haus der beiden auf. Es lag zu weit draußen, es war zu heiß und vor allem zu seltsam.

Manchmal gingen wir Burritos essen. Auf dem Weg zum billigsten Mexikaner sammelten wir das Geld ein, das in Kalifornien auf der Strasse liegt: ein paar Cents, manchmal ein Dime oder gar ein Quarter, immer vereint zu kleinen Häufchen. Wir haben niemals herausgefunden, warum das so war oder warum die anderen die Münzen nicht aufhoben, nicht einmal die Bettler. Aber wir haben auch nicht wirklich danach gefragt, sondern das Geld angenommen wie das Geschenk eines unbekannten Wohlwollenden. Manchmal reichte es für einen Tacco mit Bohnenpaste oder ein zusätzliches Bier.

Essend setzten wir uns dann auf die kleine Mauer, die das Unkontrollierbare des Sandes am Strand vom aufgeräumten Fußweg der kleinen Stadt trennte, und beobachteten die ungelenken Versuche der Touristen, die niedrigen, zerblasenen Wellen zu reiten oder einfach nur hinter der Brecherzone auf dem Board sitzenzubleiben.

Mitunter schwamm ein Delfin vorüber, und einer von uns ließ zwischen zwei Bissen in den Maisfladen seine Stimme erschallen, in die er nicht versäumte, ein leichtes Beben zu legen: »Eine Rückenflosse, da draußen, schon ganz nahe!« Und dann paddelten sie los, die Ahnungslosen. In ihrer Panik wähnten sie unter der runden Flosse des spielenden Delfins den räuberischen, blutgierigen Hai, dessen Rücken doch eigentlich von einer aufgerichteten Spitze gekrönt wird, und wären in ihrer rasenden, wasserwirbelnden Flucht doch erstes Opfer gewesen, hätten zu sehr einer Robbe geglichen und den Hai getäuscht, der angeekelt seinen ersten Bissen wieder hätte ausspeien müssen, denn mit Menschenfleisch gefülltes Neopren bekommt ihm nicht. Wir leckten uns die Salsa-Soße aus den Mundwinkeln und genossen die Show.

Der einzige Hai, den wir hier je gesehen hatten, war ein armlanger, getigerter Wicht, der kläglich an dem Haken hing, an dem er auf das Pier gezogen wurde, und der eher einer nassen Katze, denn einem gefährlichen Raubtier ähnelte. Wir waren hinzugeschlendert und fragten den

Fischer, was er mit diesem misslichen Fang zu tun gedachte, den nicht einmal das schmierigste, asiatische Hinterhofrestaurant gekauft haben würde. Er schaute uns aus zusammengekniffenen Augen an. »Den ess' ich auf,« presste er dann hervor. Er wirkte wie einer, der eine Rechnung zu begleichen hatte. Ein weiterer Hai aber war hier nie aufgetaucht.

Auf der Mauer am Strand gab es eine zwar unausgesprochene, aber von allen akzeptierte Platzordnung. Die fünf Meter, in denen wir saßen, waren reserviert für die armselige Kundschaft des Burrito-Mannes, die den lausigen Geschmack des knorpeligen Fleisches in den Teigrollen, der selbst von der extrascharfen Chilisoße nicht überdeckt werden konnte, im Anblick der salzigen Weite zu vergessen suchten.

Neben uns blühte der verborgene Handel mit kleinen Beuteln voll erdig duftender, getrockneter Blätter und Blütenstände einiger Hippiemädchen, die offiziell versuchten, Gehäkeltes, Gewebtes, Aufgefädeltes und Gesponnenes an Tagesausflügler, die sich an unseren Strand verirrten, zu verkaufen. Ihr Tun begleiteten sie mit Tamburin, Flöte und Gesang, ein Klangerlebnis, dass sich trotz seiner mild flatternden Vortragsweise insistierend in den Gehörgängen einnistete, um mitgenommen und andernorts weitergesummt zu werden.

Direkt daneben befand sich das Revier eines wunderlichen Stromers. Er hatte es mit seiner Habe markiert, die hauptsächlich aus einigen zusammengezurrten Stoffballen und einer Menge schmutziger Plastiktüten voller leerer Dosen bestand. Diese hingen morgens zum Mitnehmen an den Gartenzäunen. Manchmal kamen auch Leute vorbei und gaben ihm die scheppernden Tüten persönlich. Wenn er nicht anwesend war, stellten sie sie an seinen Platz. Für eine Dose gab es an der Recyclingstelle anderthalb Cent, wobei der Zustand der Dosen keine Rolle spielte. Um mehr auf einmal tragen zu können und eine größere Menge Geldes pro Gang für seine Ware zu erhalten, plättete er das dünne Blech, indem er barfuß und unermüdlich von der Mauer auf die Dosen sprang und so die musizierenden Mädchen unabsichtlich mit einem eigenartigen Takt begleitete. Jedem, der vorbeilief, gab er unaufgefordert, aus zahnlosem Mund, eine kleine, poetisch formulierte Weisheit mit auf den Weg, begleitet vom grauenvollen Gestank stoisch vermiedener Körperhygiene. Manchmal waren seine Worte so treffend, dass die Menschen stehenblieben und ihn erschreckt musterten. Ein Blick in seine stumpfen, gelben Augen mit den wie irre tanzenden Pupillen genügte jedoch, sie kopfschüttelnd weitereilen zu lassen. Wir nannten ihn Loony und gaben ihm unsere Burrito-Reste.

Vor der kleinen Treppe in den Sand hinunter saßen die zwei Cops von Ocean Beach, die versuchten, in ihren dunkelblauen Uniformen nicht zu schwitzen und dennoch zu verhindern, dass man bei den Hippiemädchen etwas anderes als perlenbesetzte Makrameearbeiten kaufte. Sie schrieben Strafzettel für kleine Skaterjungs in großen Hosen, die das Schild ignoriert hatten, dass man auf den dreißig Metern der so genannten Uferpromenade an der Mauer entlang nicht skaten durfte. Nach acht Uhr abends liefen die Cops die Lagerfeuer der Reisenden aus dem Hostel ab, die ihre von den verschlungenen Büchern der Beatniks vermittelte Freiheit im goldenen Westen zu feiern gedachten und der schnöden Realität ins Auge sehen mussten, wenn die Cops sie zwangen, ihre alkoholhaltigen Getränke in den Sand zu kippen, weil man diese in Kalifornien nur bei Sonnenschein am Strand trinken durfte. Danach bewiesen die zwei, dass sie eine gute Küche durchaus zu schätzen wussten und keinesfalls nur Doughnuts verschlangen, indem sie sich in Pino's Restaurant Gambas in Weißweinsoße vorsetzen ließen. Sie wurden jeden Abend von Matthias für sie zubereitet, der so davon abzulenken versuchte, dass er sich schon über ein Jahr hier herumtrieb und die einem Deutschen bewilligten drei Monate Aufenthalt schon lange überschritten hatte und dass er von Pino sicher einen, wenn auch unmenschlich niedrigen, aber auf alle Fälle illegalen Lohn erhielt. Es nützte Matthias letztendlich allerdings nicht viel, denn als die Cops sich an Weißweingambaschwänzen satt gegessen hatten, brachten sie ihn persönlich zum Flugzeug, das ihn unwiderruflich ins verregnete Deutschland zurückflog.

Hin und wieder drangen unwissende Fremde in den Mikrokosmos der Strandmauer ein, setzten sich, um ein Eis zu essen oder in den Anblick des Ozeans zu versinken. Doch schnell sprangen sie wieder auf, einen leicht irritierten Ausdruck in den Augen, denn etwas hatte sie berührt und sie gebeten zu gehen, höflich, aber unmissverständlich. Sie hatten ihren Platz woanders.

Eines Abends schwammen wir weit hinaus. Die Sonne schickte sich an, rotgewandet im Meer zu verschwinden, versuchte ein Bild zu bieten, das der Konkurrenz auf unzähligen Postkarten ein Schnippchen schlagen würde, und verwandelte dabei das uns umgebende Wasser in wie Samt schimmerndes Gold.

Als wir, von den letzten Strahlen getroffen, wieder auf der Mauer saßen, dachte ich: »Wie viele wunderbare Dinge doch mit einem S beginnen: Sonne, Surfen, Schwimmen, Sand und … Sex.«

Dann seufzte ich in Gedanken auf, wahrscheinlich ein bisschen sehnsüchtig, denn plötzlich nahm Ken meine Hand in die seine und sagte: »Also, ich biete mich da gerne an …«

Ich hatte laut gedacht! Seine grauen Augen blitzten mir aus seinem sonnenverbrannten Gesicht wie kühlendes Eis entgegen. Ich betrachtete seine festen Muskeln unter der glatten, braunen Haut, an die sich noch vor wenigen Minuten zärtlich die See geschmiegt hatte, bevor sie einigen ihrer Tropfenkinder erlaubte, darauf hinauszureiten, wo sie sich noch immer festhielten, seine Aufmerksamkeit zu erregen versuchten, indem sie ihn ein wenig kitzelten und nichts ahnten vom todbringenden Handtuch, das ihrer schon harrte.

Ich lachte ein bisschen zu laut, und meine Stimme überraschte mit einem schrillen Ton, als ich antwortete und ihm dabei meine Hand entzog, um eine wegwerfende Bewegung anzudeuten: »Na, so weit kommt's noch!«

Ich wollte mich nicht verlieben. Das Leben war wunderbar, und der Sommer noch lang.

Meine verrückteste Urlaubsgeschichte

Meine verrückteste Urlaubsgeschichte erlebte gar nicht ich selber, sondern Herr Eisennagel. Herr Eisennagel war um die fünfzig und dick. Sein langes Haar und die löchrigen Jeans waren so fettig, dass sie nass wirkten. Er blinzelte durch eine verschmierte John-Lennon-Brille kurzsichtig in die Welt und trug jeden Tag einen Pullover, den ein riesiger Kaffeefleck zierte. Vielleicht hatte er mehrere davon, vielleicht auch nur einen. Er wollte von allen Jimmy genannt werden, und er war mein Deutschlehrer in der siebten Klasse.

Nach den großen Ferien grinste er uns süffisant an und begann mit einem »Na, Kinder, prima Ferien gehabt? Oder ist irgendwas Furchtbares passiert?« seinen lautstarken Unterricht. Einige wagten von verkorksten Ferienparadiesen, verregneten Tagen im Zelt und schlimmen Fischvergiftungen zu erzählen. Aber Herr Eisennagel hörte kaum zu, zappelte herum, und so verstummte zu guter Letzt selbst der Mutigste von uns.

Wir richteten unsere erwartungsvollen Blicke auf Herrn Eisennagel. Denn Herr Eisennagel wollte selbst erzählen.

»Ich bin mit einem Freund um das Mittelmeer herumgefahren.«

Kunstpause, leichtes Zucken seiner buschigen Augenbrauen, in welchem sich, in Zeiten eines etwaigen Läusebefalls, die Tierchen festkrallen müssten, das fettige Haar jedenfalls böte ihnen keinen Halt.

»Mit einem Motorrad nebst Beiwagen.«

Ein Raunen ging durch unsere Reihen. Der dicke Herr Eisennagel in einem Beiwagen? Passte der denn da hinein?

Nein, passte er nicht, er fuhr das Motorrad, der Freund saß im Beiwagen und war deswegen von Anfang an verstimmt, denn der Feuerstuhl gehörte eigentlich ihm.

In Istanbul verließen sie den europäischen Kontinent und damit auch Untergründe, die sich Straße nennen durften. In Damaskus verwies der Freund auf schmerzhafte Stellen an Hintern und Knien. Nach der Überquerung des Nils kam Blut ins Spiel.

In einer sternengefluteten, kalten Nacht in der Libyschen Wüste erwachte Herr Eisennagel von einem leiser werdenden Knattern und war allein, ausgesetzt vom nunmehr ehemaligen besten Freund, mitten in der Wüste, ohne Wasser, ohne Nahrung, sozusagen dem Tode geweiht.

Herr Eisennagels Stimme bekam einen bedrohlichen Ton, seine Augenbrauen bildeten einen Haken, und trotz des Spätsommers vor den Fenstern begannen wir zu frösteln.

Drei Tage war er umhergeirrt. Drei Tage. Bei sengender Sonne und klirrender Kälte und ohne Wasser. Die wunderbarsten Epiphanien und Halluzinationen hätte er gehabt, wir wüssten schon, zwinker, zwinker. Wir wussten nicht, aber wir ahnten plötzlich und hätten so dringend etwas zu trinken gebraucht.

Endlich, endlich kündigte eine Staubwolke am Horizont Hilfe an, und nur wenige Stunden später hielt tatsächlich ein Bus neben dem erschöpften Wanderer. Die Türen öffneten sich und der abgezehrte, dreckige Mann mit der aufgeplatzten und verkrusteten Haut im Gesicht und Brandblasen sowie Frostbeulen an den nackten Füßen schleppte sich mit letzter Kraft die Treppe hinauf und schaute …

»… in die hübschen Gesichter von vierzig Jungfrauen. Stellt euch das vor …«

Der Speichel tropfte ihm in den ungepflegten Bart, und er fuhr fort: »Der Klassenausflug einer Nonnenschule. So ein Glück! Sie nahmen mich in ihre Mitte auf. Vier Tage fuhren wir durch die Wüste. Und nicht jede erreichte als Jungfrau das Ziel. Ihr wisst schon.«

Seine Augenbrauen tanzten einen neckischen Tanz. Ich blickte zu Annette, die zwei Reihen vor mir saß und ebenso viele Jahre älter war als ich. Das einzige Mädchen, das bekanntlich schon wusste, um was es sich handelte, wenn Herr Eisennagel seine Brauen zucken ließ und sein »Ihr wisst schon« sagte, während er sich mit seiner dicken Zunge über die Lippen leckte. Annettes Gesichtsausdruck war nicht ergriffen oder bewundernd, er war spöttisch, ja, geringschätzig. Herr Eisennagel wurde von den geschürzten Lippen Annette Webers, die schon einen Freund hatte, die mit diesem schon intim gewesen sein sollte, der Lüge überführt. Aber das merkte Herr Eisennagel nicht, denn seine Geschichte ging noch weiter.

Nachdem er also die zehn Schönsten der Schönen näher, sehr nahe, kennengelernt hatte und sie nun auch keine Nonnen mehr hatten werden wollen, zwinker, zwinker, erreichten sie eine Ortschaft mit einem Hubschrauberlandeplatz. Dort stand schon eine über den Busfunk georderte Maschine für ihn bereit, denn inzwischen war ihm eingefallen, dass der Benzintank des Motorrades beinahe leer gewesen war und dass sein Freund (der nun, da Herr Eisennagel selbst so charmant gerettet worden war, wieder als solcher bezeichnet werden durfte) sicherlich ebenso durch die Wüste irrte, wie zuvor er selber, und vielleicht sogar schon tot war. Aber wenigstens die sterblichen Überreste wollte Herr Eisennagel finden und wieder mit nach Hause bringen.

Als sie starteten wandelte sich der Wind gerade zu einem Sturm, und Herr Eisennagel begann sich große Sorgen wegen des fehlenden Rotorblatts des Helikopters zu machen. Doch die Sorge um den Freund überwog. Fünf Stunden flogen, sie vom Sturm hin- und hergerissen, und suchten den Wüstenboden ab, getragen von nur zwei Rotorblättern, fünf Stunden, in der jede Sekunde die letzte hätte sein können.

»Alle halbe Stunde musste ich kotzen …«

Herr Eisennagel sah sich triumphierend um.

»… dabei hatte ich sieben Tage lang gar nichts gegessen.«

Den ersten Mitschülern schlich der Zweifel betreffs der Wahrheit des Erzählten in die Augen. Das mit den vierzig Jungfrauen und dem zweiblättrigen Hubschrauber hätte ja noch sein können, was wussten wir damals von Frauen oder gar von Physik, aber Herr Eisennagel sah trotz all der Strapazen so wohlgenährt aus. Eigentlich sah er genauso aus wie vor den Ferien.

»Kinder, was soll ich noch lang erzählen? Wir fanden ihn, und ich konnte ihn wiederbeleben. Aber das Motorrad mussten wir leider zurücklassen.«

Es klingelte zur Pause.

»Morgen hat jeder einen Aufsatz geschrieben über sein dollstes Ferienerlebnis«, rief er uns hinterher.

Ich war frustriert. Was hatte Herr Eisennagel uns noch übrig gelassen?

Doch am nächsten Tag musste niemand seine Hausaufgaben vorlesen. Als wir uns gesetzt hatten, zog Herr Eisennagel ein Videoband aus seiner speckigen Ledertasche.

»Heute schauen wir uns ein Video an. Macht mal die Vorhänge zu und entspannt euch. Der Film heißt: ›Der Höllentrip‹.«

Der Adventskalender

Wir saßen in der teuren Villa der Fotografin, und ich fragte mich, wie es sich wohl anfühlte, in einem öffentlichen Ort zu wohnen. Denn ihr Domizil kannte ich aus unzähligen Fotoproduktionen sämtlicher Frauenmagazine. Sie musste es für jede ihrer Strecken als Set missbraucht haben. So konnte sie es sicher schneller abbezahlen, dafür aber lebte sie in einem schön dekorierten Schaufenster, und die Leute davor drückten ungeniert ihre Nasen am kalten Glas platt, starrten mit offenen Mündern und träumten sich in den Affenzirkus hinein.

»Kommt, ihr Lieben, ein, zwei Ideen werden wir doch wohl noch haben.«

Wir Lieben waren die Assistentin der Fotografin, der Stylist, dessen Assistent, die Visagistin, die Hairstylistin, die Beautyredakteurin eines Frauenmagazins, die Assistentin der Beautyredakteurin eines Frauenmagazins und ein weibliches Fotomodell mit kurzem, braunem Haar und werbewirksamen hellen Augen, nämlich ich. Seit zwei Tagen produzierten wir eine Fotostrecke mit dem Titel: Vierundzwanzig Tipps für ein entspanntes Weihnachtsfest.

Zweiundzwanzig dieser Tipps hatten wir im Kasten, die restlichen zwei sperrten sich. Es wollte niemandem mehr etwas einfallen, wie man ein entspanntes Weihnachtsfest angehen könnte. Wir wussten nicht einmal, was ein entspanntes Weihnachtsfest ist. Denn das war eine Legende, eine Legende, die allerdings überdauern würde, weil wir uns hier zwei Tage eingeschlossen hatten und alles für deren Überlieferung taten. Wir hatten sämtliche Hausfrauenkniffe und Milchmädchenweisheiten ausgeschlachtet, der Stylist hatte seine Oma angerufen, wir hatten alle Religionen abgeklopft, und die Visagistin durfte mit ihrem rudimentären, homöopathischen Wissen auftrumpfen, das sie sich einst in einem vorzeitig abgebrochenen Wochenendseminar zugelegt hatte.

»Müssen es denn unbedingt vierundzwanzig sein?«

Das war der Assistent des Stylisten, der da leise fragte. Und alle blickten hoffnungsfroh auf die Beautyredakteurin.

»Na, diese Zahl liegt ja wohl nahe.«

Ja, das lag sie wohl. Die Idee war ein dem Dezemberheft beigelegter Adventskalender, und hinter jedem Türchen versteckte sich ein Tipp.

»Wir könnten hinter die 24 einfach ›Wir wünschen ein entspanntes und inspirierendes Fest!‹ schreiben.«

»Genau. Und am Nikolaustag wünschen wir einen prall gefüllten Schuh. Dann hätten wir sie alle.«

Die Beautyredakteurin blitzte einmal in die Runde, wir unterdrückten ein unwilliges Stöhnen und taten so, als dächten wir nach.

»Wie wäre es denn mit dem guten, alten Ommm?«, fragte die Fotografin, und wir zuckten zusammen, weil sie so rüde die eingekehrte Stille zerbrochen hatte.

»Wir haben schon zwei Yoga- und zwei Atemübungen. Wird ein bisschen viel, oder?«

»Unsinn, das ist doch etwas völlig anderes. Komm, Joanna, setz dich mal her. Wir probieren das jetzt aus.«

Die Fotografin gab sich große Mühe, ihre lahme Idee mit Verve zu unterlegen, sprang wie aufgezogen herum und versuchte, uns so aus der uns umklammernden Erschöpfung zu reißen.

Ich setzte mich auf eine vom Stylisten schnell ausgebreitete indische Decke ins Fadenkreuz der Scheinwerfer, in den Schneidersitz, weil ich das irgendwie für passend hielt. Den Kopf ließ ich in den Nacken sinken.

»Wie sieht das denn aus, wenn einer so ein entspannendes Ommm von sich gibt? So doch sicher nicht.«

Alle beäugten mich kritisch.

»Ich könnte meine Handgelenke auf die Knie legen, die Hände nach oben abwinkeln und die Fingerspitzen zusammenführen,« schlug ich vor.

»Ja, mach das doch mal.«

Acht Augenpaare lagen hoffnungsvoll auf mir.

»Also, ich weiß nicht.«

»Vielleicht, wenn sie die Augen schließen würde?«

»Und mach mal einen runden Mund, so, als würdest du gerade das O ertönen lassen.«

Jeder gab sich Mühe, jeder wollte das Gesehene richtig und entspannend finden, jeder wollte endlich nach Hause gehen.

»Und wie wäre es mit dem Mmm?«

Die Stimme der Fotografin hatte deutlich an Elan verloren.

»Also, wenn ihr mich fragt, das sieht total bescheuert aus.«

Zustimmendes Gemurmel, über das sich jeder ärgerte, aber es war die unumstößliche Wahrheit.

»Auf der anderen Seite ist das Bild nachher drei auf drei Zentimeter groß, man könnte es also gar nicht so genau erkennen.«

»Na, dann machen wir das jetzt so.«

Unverhohlenes Jubeln in der Stimme, griff die Fotografin nach der Kamera und drückte ein paar Mal auf den Auslöser. Mit leicht gewölbten Mund ließ ich das Mmm ertönen.

»So, das hätten wir. Und nun?«

»Singen! Wie wäre es denn mit Singen?«

»Ja, Singen finde ich gut. So etwas macht man in der Vorweihnachtszeit«, ging die Beautyredakteurin auf den Vorschlag ein.

Also stellte ich mich auf und schmiss mich in eine Pose, die meiner Meinung nach Singen darstellte.

»Versuch es noch einmal anders.«

Ich versuchte es anders.

»Nein, das ist nicht überzeugend. Sing mal laut.«

»Laut? Also so, dass ihr es hören könnt?«

In Gedanken stellte ich mich unter die Dusche, ignorierte die anderen und begann mit kläglicher Stimme einen Popsong zu intonieren. Ganz deutlich konnte ich ein Kichern vernehmen.

»Vielleicht eher etwas Weihnachtliches?«

Auf die Schnelle fiel mir nur »Vom Himmel hoch, da komm ich her« ein, das von mir am meisten gehasste, weil immer viel zu hoch angesetzte Weihnachtslied. Ich krähte die ersten drei Zeilen, wissend, dass mein Kopf vor lauter Anstrengung, die gnadenlosen Höhen zu erklimmen, rot anlief, während sich blaue Adern aus meinen Schläfen drückten. Ansehnlich, gar Entspannung motivierend, war das ganz sicher nicht.

Alle starrten der Fotografin über die Schulter, auf das kleine Display ihrer Kamera.

»Sieht nicht gut aus,« unterbrach der Assistent des Stylisten die angespannte Stille.

»Wie wäre es denn damit?«, erklang die vorsichtig fragende Stimme der Assistentin der Beautyredakteurin.

Noch bevor ihr zagendes Stimmchen ganz verhaucht war, gab es ein ohrenbetäubendes Scheppern.

»Oh, verdammt, meine Tuba!«, schrie die Fotografin entsetzt und beruhigte sich erst, als sie ganz sicher war, dass ihr riesiges Instrument keine Delle davongetragen hatte.

»Super. ›Machen Sie doch mit ihrer lieben Familie mal wieder Hausmusik.‹ Und die Mutter bläst die Tuba«, sagte der Assistent des Stylisten und feixte mich erwartungsvoll an.

»Das ist nicht euer Ernst,« protestierte ich.

Ich behauptete zwar immer, mir für nichts zu schade zu sein, aber hier tat sich eine Grenze auf. Mit diesem Ungetüm wollte ich mir nicht die 3x3 cm hinter der Nummer 24 eines Adventskalenders teilen.

Aus schierer Verzweiflung und in Ermangelung einer besseren Idee begann ich aus vollem Halse »Oh, du Fröhliche« zu krakeelen, wobei ich meinen Körper in den »Sonnengruß« schlängeln ließ.

»Vielleicht ist die Idee mit dem Wunsch für ein entspanntes Weihnachtsfest hinter der Vierundzwanzig doch nicht so schlecht.«

Mit diesen Worten und einem irritierten Blick unterbrach die Beautyredakteurin meine lautstarke, gymnastische Übung und erlöste uns.

Später fuhr sie mich ins Hotel. Während ich aus dem Seitenfenster in den lauen Sommerabend starrte, stellte ich mir unzählige Frauen vor, die erwartungsfroh die Türchen ihres Adventskalenders öffneten und die von einem modernen Frauenmagazin abgesegneten Entspannungstipps befolgten. Wie viele würden am 23. Dezember in verkrampfter Haltung auf dem Boden kauern, vielleicht mit einer indischen Decke unter dem Hintern und ein Ommm in den Raum stöhnen?

»Sag mal, hast du gar kein schlechtes Gewissen?«, fragte ich die Beautyredakteurin.

»Warum?«

»Na, wegen des Blödsinns, den wir uns da ausgedacht haben. Stell dir vor, die Leserinnen machen das wirklich nach.«

»Es zwingt sie doch niemand dazu.«

»Na, aber viele glauben doch, was in der Zeitung steht.«

»Wir machen die Zeitschrift, um zu unterhalten, nicht mehr und nicht weniger.«

»Trotzdem hast du doch eine gewisse Verantwortung«, ließ ich nicht locker.

»Aber du hast doch auch mitgemacht.«

»Aber wenn ich es nicht gemacht hätte, dann hättet ihr einfach ein anderes Model gebucht. Und ich brauchte das Geld.«

Sie sah mich mit hochgezogenen Augenbrauen von der Seite an. Den Rest des Weges schwiegen wir.

Am Leben bleiben

»Erzähl von den Dingen, die in deinem Leben passieren. Das ist es, was die Leute interessiert. Nicht irgend so ein Hokuspokus. Du bist deine eigene Zielgruppe. Aber lustig muss es sein. Das Elend weglachen, darum geht es.«

Wir sitzen herum, irgendwo. Trinken, irgendwas. Und jammern. Alles wie sonst. Auch dass Jesse wieder einmal genau weiß, wie ich es zu machen habe.

»Wieso Elend?«, frage ich empört.

»Das war metaphorisch gemeint.«

»Ach so.«

Deprimiert blinzele ich in die untergehende Sonne. Irgendwo gibt es ein Meer, in das sie fällt. Hier räumt sie nur der Nacht den Platz.

Warum hier? Hier und mit Jesse.

Ich höre seine Stimme, deren Ton mir auf die Nerven geht. Sie sollte anders klingen. Weich und tief und werbend.

Ich betrachte sein Profil, die Nase, die sich im Takt der Worte bewegt. Er hat einen harten Mund und riecht gut.

Jesse wird wahrscheinlich nie mit mir schlafen. Wir kennen uns zu lange. Außerdem achtet er darauf, dass es nicht passieren wird.

»Wir beweisen ihnen, dass reine Freundschaft zwischen Mann und Frau doch möglich ist«, sagt er.

Ich will das niemandem beweisen. Wem auch? Ich will von seinen schönen Händen angefasst werden. Stattdessen höre ich mir seine Plattitüden an.

»Es fehlt dir einfach die Distanz. Aus einem anderen Blickpunkt heraus kann man aus allem eine Geschichte machen. Auch aus deinem Leben.«

»Danke.«

Ich bin beleidigt. Trotzdem. Oder darum.

Doch er gibt nicht auf.

»Was ist dir denn zum Beispiel heute so passiert?«

Er klingt jetzt wach, hat eine Theorie und will den Beweis dafür erbringen.

»Als ich Emma zum Zirkus gebracht hatte, wäre ich fast überfahren worden,« sage ich trotzig.

Immerhin. Lebensgefahr. Wer hat das schon an einem Montagmorgen?

Irgendetwas hatte mich gepackt, so eine Art Noch-einmal-Kind-sein-Wollen vielleicht. Ich hatte Emmas Cityroller aus dem Kofferraum genommen und mich heftig abgestoßen. Schneller, immer schneller. Ohne zu gucken über die Straße. Der Wagen und ich wichen in dieselbe Richtung aus. Der Fahrer machte große Augen und hupte, als hätte ein lautes Geräusch zu machen einen Sinn haben können. Ich konnte einfach nicht bremsen. Als wir endlich stehenblieben, zerriss mein hämmerndes Herz die jähe Stille. Meine Hand berührte die Hitze der Motorhaube.

»Der Fahrer schimpfte mich eine dumme Kuh.«

Jesse grinst. Er schaut vor sich, als gäbe es eine Weite.

»Auf dem Heimweg habe ich einen Schrank auf der Straße gefunden«, fahre ich fort.

»Einen alten, einen schweren. Es hat ewig gedauert, bis jemand vorbeikam und mir half, den ins Auto zu heben.«

Fünfzehn Minuten hatte ich warten müssen. Fünfzehn Minuten, in denen mich drei alte Damen passierten. Zwei mit Gehhilfe und alle mit Hut. Sie guckten neugierig. Ich trug noch den ausgeleierten Jogginganzug, in dem ich auch geschlafen hatte. Meine Haare standen in alle Richtungen. Hatte doch nur schnell Emma zum Zirkus in den Vorort fahren wollen. Ich stand gegen den Schrank gelehnt und erwiderte trotzig ihre tadelnden Blicke. Dann war er gekommen. Auf einem teuren Rennrad, in voller Montur. Ich hatte ihn mit meinen ungeputzten Zähnen unsicher angelächelt. Er stieg trotzdem vom Rad und half mir. Ein schöner Mann. Das Möbel war so schwer, dass ich ihn zu einem Kaffee einlud. Wenn er mal Zeit hätte. Er speicherte meine Nummer in seinem Telefon. Im Wegfahren drehte er sich noch einmal um und winkte.

»Was willst du denn mit dem Schrank? Du hast doch gar keinen Platz mehr«, sagt Jesse.

»Keine Ahnung. Mal seh'n.«

Die Einladung zum Kaffee ist gelogen. Ich hatte mir das nur vorgestellt, als ich weiterfuhr. Gewinkt hat er auch nicht.

»Als ich mit einem Nachbarn den Schrank ins Haus trug, fuhr plötzlich mein Ex-Freund vorbei. Er hat mich angelächelt.«

»Welcher?«

»Der vor Emma. Kennst du nicht. Er ist schon vor Jahren weggegangen. Frage mich, warum er wieder hier ist?«

Er war der einzige, der mich je liebte. Seit etwa einem Jahr weiß ich das nun. Ich hatte in den schreienden Mund des anderen geschaut, hatte den scheußlichen Worten, die er für mich nur noch übrig hatte, den Weg in meine Ohren verschlossen und wusste es plötzlich. Zehn Jahre hatte ich ihn nicht gesehen. Wegen des schweren Schranks konnte ich nicht zurückwinken.

Die verpasste Chance blutet noch immer, wie die Wunde eines herausgerissenen Stück Fleisches, mindestens ein Kilogramm schwer, aus dem Oberschenkel vielleicht. Wieder hatte ich nur noch mein Herz klopfen gehört, das Brüllen des Nachbarn erst, als es fast zu spät war.

»Beinahe wäre uns der Schrank runtergefallen. Mein Nachbar schimpfte mich bis in den zweiten Stock hoch. Dann konnten wir nicht mehr. Der Schrank steht immer noch dort. Später rief Katja an. Eine Stunde lang haben wir telefoniert.«

Katja war vor einigen Wochen für sechseinhalb Minuten im Fernsehen berühmt gewesen und hatte daraufhin die gesamte Erstauflage ihres Buches verkauft. In einer Nacht knapp achttausend Stück. Nach der Jahresabrechnung des Verlags würde sie die Mietrückstände zahlen können.

»Aber sonst ist nichts passiert,« hatte sie gesagt.

»Gar nichts? Überhaupt gar nichts?«, fragte ich und versuchte die aufsteigende, bittere Hoffnungslosigkeit wieder hinunterzuschlucken.

»Nein, gar nichts. Keine Angebote, keine Anfragen. Ein paar nette E-Mails von Lesern, aber sonst nichts.«

Ich hätte heulen können vor Enttäuschung.

Als Katja auflegte, tat ich das auch. Wofür das alles? Dass nicht einmal mehr das Fernsehen half.

»Du telefonierst doch gar nicht gern.«

»Eben.«

Jesse gießt uns nach und zündet sich eine weitere Zigarette an.

»Ich habe seit Ewigkeiten keinen Sex gehabt.«

Warum sage ich ihm das? Mit diesem Satz im Kopf wird er mich nie begehren. Aber spielt der Kopf eine Rolle? Ich will niemandem Unrecht tun. Manche Männer sind überraschend sensibel. Womöglich fühlt er sich noch bemüßigt. Alles, nur kein Mitleid.

»Hm.«

Er schaut mich nicht einmal an. Wahrscheinlich ist das heute nichts Besonderes mehr. Obwohl die Frauenmagazine etwas anderes suggerieren.

»Ich wollte sagen, ich habe keinen Sex gehabt. Also auch heute nicht. Nur, dass du es schon weißt.«

Verzettelt zünde ich mir eine Zigarette an. Ich rauche seit elf Monaten nicht mehr.

»Ich dachte, du rauchst nicht mehr?«

Seine Stirn runzelt sich.

»Dann habe ich mich an den Rechner gesetzt und geschrieben.«

Ich drücke die unsinnige Zigarette aus.

»Sehr gut,« sagt er.

Aber ich hatte einen Liebesbrief geschrieben, mich zwei Stunden lang auf elf langen Seiten dem einstigen Geliebten erklärt. Dabei waren mir unentwegt Tränen über die Wangen gelaufen. Kaputt, existentialistisch, lebendig. So war ich mir vorgekommen. Der Wunsch, einen schwarzen Rollkragenpullover anzuziehen, hatte mich überkommen. Weil die Distanz für einen Moment funktionierte. Ich wünschte, er hätte mich so sehen können.

»Um drei Uhr rief Konstanze an.«

»Zwei Telefonate an einem Tag?«

Er klingt ehrlich überrascht.

»Dazwischen brannte noch mein Schreibtisch.«

»Wie bitte?«

Ich hatte die elf Seiten sogar ausgedruckt, hielt sie in den Händen und beobachtete die Tauben auf dem Dach gegenüber. Bestimmt gurrten sie. Aber das konnte ich nicht hören. Ich hatte begonnen mit:

»Lieber Weihnachtsmann, sei jetzt bitte nicht enttäuscht, aber dieser Brief ist ausnahmsweise mal nicht an dich.«

Und dann stand dort alles, was ich seit zehn Jahren noch niemandem gesagt hatte. Nicht einmal mir selbst. Zum Weinen schön. Ich lief laut lesend durch die Wohnung. Stellte mir vor, irgendjemand hätte mir diesen Brief geschrieben. Der Postbote, der zwischenzeitlich ein Päckchen brachte, schaute ganz verstört in meine verweinten Augen. Beinahe hätte ich meinen Kopf trostsuchend an seine Brust gelegt. Ich war größer als er. Das hielt mich davon ab. Aber ich ließ mir sein Feuerzeug schenken.

Auf die Schnelle fand ich nur den Blechdeckel eines großen Glases saurer Gurken. Ich zerriss die Seiten und schichtete einen Papierhaufen. Den zündete ich an. Zu spät wurde mir bewusst, dass das Feuer viel zu groß war, um es wieder ausblasen zu können. Es roch nach verbranntem Holz. Um den Blechdeckel entstand ein brauner Ring. Plötzlich erschreckt riss ich das Laptop vom Schreibtisch und goss ein Glas gesüßten, schwarzen Tee mit Zitrone über das Feuer. Er verwandelte es in eine hohe Stichflamme. Panisch rannte ich ins Bad und füllte den

Putzeimer mit Wasser. Als ich zurückkam, brannte die gesamte Schreibtischoberfläche.

»Egal.«

Jesse schaut mich an, irritiert.

»Das war metaphorisch gemeint«, erkläre ich.

»Ach so. Schade.«

Trotzdem lacht er erleichtert auf. Kein Grund, sich wirklich engagieren zu müssen. Wie schön.

»Und? Was wollte Konstanze?«

»Ach, das Übliche.«

Konstanze hatte nur geschluchzt, und ich wünschte mir, sie in den Arm nehmen zu können. Doch sie kauerte vierhundert Kilometer weiter südlich vor ihrem Telefon.

»Stell dir vor, er hat eine andere«.

Das war schlimm. Auch, weil es ihr zuvor schon einmal passiert war. Aber ganz so schlimm auch wieder nicht, denn er war eine dreiwöchige Weihnachtsaffäre gewesen und der Winter seit Monaten vergangen.

Ich versuchte neunzig Minuten lang, Konstanze davon zu überzeugen, die Vorwürfe erbrechende E-Mail an ihn nicht abzuschicken. Letztendlich hatte sie aufgehört zu weinen.

»Eben fiel es mir wie Schuppen von den Augen. Eigentlich war das mit ihm ja gar keine wirkliche Beziehung gewesen.«

Erschöpft hatte ich den Hörer aufgelegt.

»Und dann …«

Doch da richtet Jesse sich abrupt auf. Fasziniert beobachte ich, wie sich seine Kinnlinie strafft.

»Guck mal, die blonde Frau dahinten«, murmelt er so rau, wir er mit mir nicht spricht.

Heißt das, das Experiment ist beendet, der Beweis fehlgeschlagen? Entrüstet will ich ihn beschimpfen. Doch das brauche ich nicht. Die Frau schaut herüber und lächelt. Mich lächelt sie an.

Die Konferenz

Ich musste eingeschlafen sein, denn ich erwache von einem Räuspern. Und das hatte nicht ich verursacht. In meinem Wohnzimmer sitzt eine mir fremde, dicke Frau. Sie trommelt mit perfekt manikürten Fingernägeln auf der Resopalplatte des Esstisches herum und dreht mir bei meinem Eintreten ein beleidigt wirkendes Gesicht inklusive Schmollmündchen entgegen.

»Entschuldigen Sie …«, beginne ich.

»Ist das nicht wieder einmal äußerst unverschämt«, unterbricht sie mich jedoch mit lauter Stimme. »Ich wusste, dass die anderen zu spät sein würden. Dabei sage ich immer, dass sie pünktlich sein sollen. Die wollen ja auch nicht ständig auf jemanden warten.«

Von ihrer moralinsauren Art sofort provoziert, will ich antworten, dass die, die immer zu spät sind, selbst nie warten müssen. Aber etwas anderes ist viel wichtiger.

»Wer sind Sie? Und wie kommen Sie in meine Wohnung?«

»Heute ist doch die Konferenz«, schallt es mir mit der Empörung der Gerechten entgegen.

Ich hätte es wohl wissen müssen. Doch ich begreife nichts. Stattdessen schenke ich mir ein Glas Wein ein, setze mich auf das Sofa und harre der Dinge, die da kommen werden.

Die dicke Frau sitzt am Tisch und trommelt. Fast körperlich vermeine ich zu spüren, wie sehr sie sich über das Zuspätkommen der anderen ärgert. Ich wage nicht zu fragen, welche anderen da noch so kommen werden und vor allem nicht, wie viele.

Eine Art Blubbern lässt mich hinter das Sofa schauen. Dort hockt ein glucksendes Baby. Seine Fröhlichkeit rührt daher, dass es ihm gelungen ist, eines der Sofakissen aufzureißen. Ich will das eigentlich gar nicht so genau sehen, aber jetzt fällt mir doch auf, dass überall im Wohnzimmer Schaumstoffflocken herumfliegen und von allen nur erdenklichen Dingen elektrostatisch angezogen werden. Ich hatte gar nicht gewusst, dass dieses Kissen damit gefüllt war, noch wie viele dieser bunten Flocken da hineingepasst hatten, wäre in diesem Punkt auch lieber unwissend geblieben.

»Entschuldigen Sie bitte, aber Ihr Kind hat hinter dem Sofa …«.

»Ach, die Süße, ist sie nicht wundervoll? So rein und so unschuldig«, flötet die Dicke, mich unterbrechend. Sie steht auf und zieht das Baby hinter dem Sofa hervor. Die beiden beginnen unverständlich miteinander zu brabbeln.

»An der hat sie ihren Narren gefressen«, ertönt es hinter mir.

Ich drehe mich um. Am Bücherregal lehnt eine lange Dünne mit Brille und einem leicht spöttischen Zug um den Mund. Nicht gerade männermordend, aber sympathisch. Sie hält ein philosophisches Buch in der Hand, welches, seit es mir von einem bestimmten Menschen geschenkt worden ist, an seinem Platz im Regal verweilen musste. Ich hätte diesen bestimmten Menschen gern beeindruckt und das Buch gelesen, aber ich hatte noch nicht einmal den rückseitigen Klappentext verstanden.

»Noch der Besserwisser, und die liebe Familie ist komplett. Falls du nicht gänzlich unsympathisch auf Erden wandeln möchtest, solltest du verhindern, dass die drei zuviel miteinander unternehmen.«

Ich nicke stumm mit dem Kopf und biete ihr mit einer Handbewegung an, sich ebenfalls ein Glas Wein zu nehmen. Sicher wird mir irgendwann irgendjemand erklären, was hier eigentlich los ist.

Und dann höre ich die Dicke am Esstisch affektiert auflachen, und ein feist grinsender Galan beugt sich über ihre kleine Wursthand. Ich befürchte Unappetitliches und wende mich einem zerzaust wirkendem Mädchen in einer verknüddelten Mohairjacke zu, das soeben ins Zimmer tritt und bei näherer Betrachtung gar kein Mädchen mehr ist, was ihre ganze Erscheinung leicht peinlich wirken lässt.

»Hast du auch ein Glas für mich? ›Hallo‹ übrigens«. Sie reicht mir eine Hand, so dass ich die schwarzen Ränder unter den Nägeln sehen kann. »Ich bin dein Stil.«

Sie schnappt sich ein Weinglas und lümmelt sich neben mich aufs Sofa.

Ich bin ratlos, gar ein Quentchen empört. Wieso sieht mein Stil aus wie ein altgewordenes Grunge-Mädchen der beginnenden neunziger Jahre? Ich finde das übertrieben, denn immerhin hinterlasse ich des Öfteren beträchtliche Summen in Bekleidungsfachgeschäften und trage schwere Tüten nach Hause.

Bevor ich mir jedoch weiter den Kopf darüber zerbreche, gehe ich in den Keller, um mehr Wein zu holen. Mich dünkt, das hier und heute wird ein langer Abend.

Als ich wieder hochkomme, ist die Wohnung voller Menschen. Auf dem Boden sitzen zwei bunt gekleidete und mit allerlei Tand behängte Hippie-Mädchen. Sie teilen sich einen Spliff und fädeln Perlen auf Perlonschnüre.

»Willste ma' zieh'n?«, strahlen sie mich an.

Das erscheint mir sinnvoll, da mich die ganze Situation zu überfordern droht.

»Ich heiße Antje. Und wer seid ihr so?«, versuche ich entspannt zu fragen.

Sie schauen sich an und prusten los, können gar nicht mehr aufhören zu lachen. Ich denke: aufstehen, weggehen, in Ruhe lassen. Sonst ersticken die noch.

»Hey, bleib doch. Darf ich vorstellen, ich bin deine Phantasie und zu meiner Linken sitzt deine Kreativität. Schau mal, die Ketten hier? Meinste, so was würde jemand kaufen? Wenn ja, könnten wir doch kettenfädelnd um die Welt ziehen, oder was denkste?«

»Und vom Erlös dieser Glasperlenkettchen leben? Wir alle zusammen?«

Ich weiß, dass meine Stimme zu schrill klingt. Ich brauche einen weiteren Zug vom Joint und ein volles Glas. Denn eines habe ich inzwischen verstanden: All diese Leute hier in meinem Wohnzimmer, das bin alles ich!

Und da ist mir etwas unglaublich wichtig.

»Wer ist diese furchtbare, dicke Frau?«, frage ich die Hippie-Mädels ängstlich.

»Die Dicke ist deine Moral, das Baby deine Diplomatie, und der schleimige Typ ist der Besserwisser. Du solltest die drei nicht so viel gemeinsam unternehmen lassen. Du wärst dann nämlich 'ne echt unsympathische Frau.«

Das habe ich heute schon einmal gehört, und ein jähes Begreifen so manch unangenehmer Begegnung stellt sich urplötzlich ein. Zudem frage ich mich ganz ernsthaft, warum da ein Mann in mir ist und dann auch noch so einer. Ob den mal einer in mir vergessen hat?

Die Hippie-Mädchen vertiefen sich wieder in ihre Perlenfädelei und kichern dabei.

»Hey, da bist du ja. Lass uns im Bad verschwinden«, haucht mir jemand ins Ohr.

Sofort denke ich, hier können nicht nur Teil-Ichs sein. Denn das Geschöpf neben mir ist schön, verrucht und sexy. Welcher Teil meiner Persönlichkeit sollte das sein, wenn schon meine Phantasie ein Hippie ist?

Inzwischen bin ich betrunken, und die Idee, mit dieser Schönen, die mich ganz offensichtlich verführen will, im Bad zu verschwinden, erscheint sehr reizvoll. Wir schließen die Tür ab.

»Ich bin übrigens deine Libido«, raunt sie zwischen unseren Küssen.

Ich bin erschüttert. Ich bin begeistert. Das bin auch ich? So kann ich sein? So will ich sein! Immerdar und jeden Tag. Dann würden sie alle mir gehören. All jene, die mir sonst einfach nur den Schlaf rauben.

Ich vergesse den Tumult im Wohnzimmer, als es an die Tür pocht und ein kleines Stimmchen fragt:

»Darf ich auch mit rein?«

»Nicht die Heulsuse«, entfährt es meiner Libido, und vor der Tür beginnt es tatsächlich zu weinen.

Als ich öffne, steht da eine ganz erbärmliche Gestalt.

»Immer kommt die dazwischen und versaut einem den ganzen Spaß.«

Meine Verführerin hat sich die Bluse wieder zugeknöpft und verschwindet Richtung Wohnzimmer.

»Oh, es tut mir leid«, weint das kümmerliche Persönchen vor mir, »das habe ich nicht gewollt. Ich bin deine Sehnsucht nach Liebe, und vielleicht könntest du dich ein bisschen um mich kümmern?«

»Das mache ich gern, damit kenn' ich mich aus.«

Ich nehme sie mit in die Küche und schenke ihr ein Wasserglas Wodka Lemon ein.

»Trink, meine Süße! Trink!«

Meine Sehnsucht nach Liebe umklammert das Glas und zieht sich glücklich zurück.

In der Küche sitzen zwei weitere Gestalten, umgeben von einem fürchterlichen Tohuwabohu, das sie aus sämtlichen Küchenschränken hervorgekramt haben müssen. Sie geben sich im wahrsten Sinne des Wortes der Völlerei hin und trinken einen einst versehentlich gekauften und für einen besonderen Moment aufbewahrten, fünfundsiebzig Euro teuren Wein. Direkt aus der Flasche.

»Oh, mein Gott«, entfährt es mir, »mein Hedonismus, nehme ich an?«

»Hey, woran hast du das denn erkannt? Und hier,« sie legt den Arm um die andere, »meine beste Freundin, dein Ehrgeiz.«

Unter größter Anstrengung versucht sie mich zu fixieren, doch immer wieder rollen ihre Pupillen wild durcheinander und statt eines Hallos entlässt sie einen lauten Rülpser. Schon immer hatte ich etwas in dieser Richtung vermutet. Mein Leben ist bisher von größeren Erfolgen oder erwähnenswerter Anerkennung verschont geblieben, aber das, das ist etwas zu viel. Während ich ihn noch entsetzt anstarre, erhebt sich mein Ehrgeiz schwankend und nuschelt mit schwerfälliger Zunge: »Unsinnige Konferenz. Lasst uns lieber Fernsehgucken.«

Die Konferenz habe ich ganz vergessen. Die anderen allerdings auch. Sie scheinen sich ohne Frage zu amüsieren. Es gibt aber außer der besagten Affinitäten keinerlei Kommunikation zwischen ihnen, geschweige denn, irgendetwas im großen Stil, etwas, das an eine Konferenz erinnern würde. Die meisten sind inzwischen völlig betrunken.

Das macht mich plötzlich traurig. Irgendwie hatte ich mich trotz allem für eine relativ stimmige Persönlichkeit gehalten. Ich benutze sehr gern das Wort ganzheitlich. Obwohl ich gerade nicht genau weiß, ob dieser Gedanke hierher passt.

Ich suche nach meiner Intelligenz und finde sie in ein Buch vertieft.

»Passiert hier noch irgendwas? Wann beginnt denn die Konferenz?«, frage ich sie. »Oder sind noch nicht alle da?«

In der letzten Frage schwingt verzweifelt eine stille Hoffnung mit.

»Deine Verantwortung und dein Fernweh fehlen noch, aber die kommen eigentlich nie zu den Treffen. Wollen ihr Ding allein machen und jammern dann gern mal, wenn es nicht so läuft, wie sie hofften. Aber viel passieren wird heute nicht weiter. Erschüttert?«

Die Intelligenz lächelt mich mitleidig an. Dann vertieft sie sich wieder in das Buch.

Resigniert beobachte ich die ganze Szenerie:

Meine Moral flirtet noch immer mit dem Besserwisser, wobei sie meine Diplomatie liebkost, die brabbelnd auf ihrem Schoß sitzt.

Die Hippie-Mädchen, oder anders gesagt, meine Phantasie und meine Kreativität, liegen völlig bekifft am Boden und kichern albern.

Selig vor sich hingrinsend, entdecke ich die Gestalt meiner Sehnsucht nach Liebe.

Die schöne Verführerin ist schon gegangen.

Das ältliche, zerzauste Grunge-Mädchen liegt laut schnarchend auf dem Sofa.

Mein Ehrgeiz und der Hedonismus gucken apathisch eine Schmuckverkaufshow im Fernsehen.

Ich blicke auf die leeren Weinflaschen und den angebrochenen Wodka, die leeren Zigarettenpäckchen und die halbgerauchten Joints. Schlagartig werde ich unglaublich müde und wanke zu meinem Bett.

Morgen geht es mir mit Sicherheit schlecht.

Schuld ist Jack Kerouac

Schuld ist Jack Kerouac. An allem. Er hat mich glauben gemacht, dass es Freiheit gibt und der Westen golden ist. Er hat mich glauben gemacht, dass die gesundheitlichen Beeinträchtigungen, die durch Trinken, Drogenkonsum und Schlaflosigkeit hervorgerufen werden, keine größere Rolle spielen. Er hat mich glauben gemacht, dass alles nichts und darum auch nichts alles ist und dass man gut aussehen kann, wenn man sich bei der Wohlfahrt einkleidet. Außerdem ist er für mein verkorkstes Männerbild verantwortlich. Als ich, damals fünfzehnjährig, mit ihm durch Amerika gejagt bin, gierig, lichterloh brennend, so, wie er es gewollt hätte, da verliebte ich mich in ihn, in diesen wunderbaren Mann, der Worte von so unendlicher Schönheit ausspie, dass ich mich nicht mehr zu lassen wusste. Ich verliebte mich in dieses schwache menschen- und drogenabhängige, leise wimmernde Muttersöhnchen. Hemmungslos und leider für immer. Denn seitdem suche ich ihn. Seine Worte trieben mir die Tränen in die Augen, die Sehnsucht in den Bauch und die Gier ins Herz. Ich war nicht mehr dieselbe, ging verloren an den ewigen Traum nach grenzenloser Freiheit, und selbst Janis Joplin, die mir ihr »Freedom's just another word for nothing left to loose« ins Ohr brüllte, konnte nichts mehr retten. Außerdem hörte sie sich selber nicht zu. Sie wurde nicht alt.

Jack ist auch schon lange tot. Hat sich totgesoffen und immer gut ausgesehen dabei. Selbst wenn er das live und vor Kameras tat, lallte und weinte oder sich zu seiner großen, seiner wahren, seiner einzigen Liebe, zu seiner Mutter bekannte – nie wirkte er peinlich.

Manchen tut gar nichts irgendeinen Abbruch. Nicht einmal die Sache, als er nach einem Interview vom Stuhl rutschte und sabbernd aus dem Studio getragen werden musste, ließ mich an meiner Liebe zu ihm zweifeln. Im Gegenteil. Ich hätte mit ihm gesoffen und geweint und ihm den Kopf gehalten, wenn er wieder einmal erbrach, den konsumierten Alkohol gegen die Hauswände oder die nicht enden wollenden Ströme voller Liebe auf Tapetenrollen oder anderem Papier. Aber ich war noch gar nicht geboren. Ich weiß nicht einmal, ob meine Eltern sich damals überhaupt schon kannten. Aber das spielt keine Rolle, seinem Schicksal kann man nicht entgehen. Ich wurde geboren, Jack zu lieben, ihn zu suchen. Zumindest das Leben, von dem seine Worte kündeten, wollte ich finden, und einen passenden Mann dazu, wenn schon nicht ihn selbst.

Niemals zweifelte ich, obwohl es mich hätte stutzig machen können, dass er die sieben Jahre, die er *on the road* war, in nur drei Wochen niederschrieb. Es musste gewisse Tage, Wochen, vielleicht sogar Monate gegeben haben, die dabei auf der Strecke blieben. Und vielleicht hätten deren Geschichten mich retten können. Doch die hatte niemand aufgeschrieben, zumindest nicht ein ewig betrunkener, lässig grinsender … nicht dieser Mann, mit diesem Mund, diesen Augen und diesen Worten im von Drogen zerfressenden Gehirn.

Ich war im Westen, ich war auch im Norden und im Süden, im Osten war ich nicht extra, denn da komme ich her, doch das tut letztendlich nichts zur Sache. Ich habe die Sonne über dem Pazifik untergehen sehen, ich saß auf einsamen Wipfeln im eisigen Wind und hörte den Adler schreien, ich habe mit verschiedenen Tränken, Tropfen, Pilzen und Pülverchen herumexperimentiert, ich wäre sogar einmal beinahe mit meiner besten Freundin in einem alten VW-Bus quer durch Amerika gefahren, von San Francisco an die Ostküste, wenn der Bus nicht liegengeblieben wäre und ich nicht vor lauter »Nicht-wissen-was-tun« einen, der gerade vorbeikam, geheiratet hätte. Das war jedoch nicht weiter schlimm. Vielleicht wäre alles anders gekommen, wenn wir in New York hätten starten wollen. Aber so waren wir ja schon da, im goldenen Westen, eigentlich schon am Ziel. Die Ehe hielt nicht lang. Und nicht nur diese nicht.

Die Schlüsselreize, das besoffen-lässige Grinsen, die glänzenden Augen, die verwirrend schönen Worte und Küsse, die nach Alkohol und Zigaretten schmeckten, ein kindlich-verzagtes Wimmern unter der männlichen Fassade, das Fliegen durch Zeiten und Räume, die Unruhe, die Musik, der Takt, das ewig Brennende – sie machen mich liebend, machen mich rasend, verwandeln mich in Hingabe, in zerfließendes Sein und lassen mich letztendlich als verstörtes, zerstörtes und gestörtes Etwas zurück. Jedes Mal. Hätte mir jeder schon vorher sagen können, manche tun das auch, in vorderster Reihe meine Eltern. Das ich auf diese Kassandrarufe nicht achte, versteht sich von selbst.

Einmal, als es wieder ganz schlimm war und ich meine Schluchzer durch das Telefon schickte, während mir Tränen die Oberschenkel nässten, da sagte ich meiner Mutter, wilde Entschlossenheit im Ton, dass es jetzt Zeit wäre.

Zeit für den Mann mit der geregelten Arbeit. Für einen, der morgens aus dem Haus geht und des Nachmittags erst wiederkommt, die Wasserkästen in die Wohnung schleppend. Der auch am Ende des Monats noch die Bio-Wurst bezahlen kann, der den Kindern bei den Schulaufgaben hilft und sonntags mit ihnen durch den Wald spaziert. Es wäre Zeit für einen, der leise spricht und auch das nicht oft.

Meine Mutter und ich mussten beide lachen, und damit war das Thema erledigt.

Doch ich bin verwirrt, manchmal verzweifelt, meist jedoch einfach sehr ratlos. Wie konnte das passieren? Wie kann das immer noch sein? Und: Wo ist er? Überhaupt: Wieso lebe ich hier, wo ich lebe? Eine Prüfung, ein Scherz, eine kindische Laune des Schicksals?

Manchmal bin ich wütend, dass Jack schon tot ist. Denn dieser Umstand nimmt mir die Möglichkeit, ihm mehr oder weniger überraschend in Tanger über den Weg zu laufen. Ich bin nicht so oft in Tanger, aber hätte ich ihn dort einmal treffen dürfen, ich wäre auf ihn zugerannt, wäre atemlos vor ihm stehengeblieben, ich hätte ihm mit zitternder Hand die Locke aus dem Gesicht geschoben und den Sabber aus dem Mundwinkel getupft, ganz sicher hätten mir jegliche Worte gefehlt, aber nicht die Kraft, Schwung zu holen und diesem Mistkerl kräftig vor das Schienbein zu treten.

Sie

Seit einigen Wochen wohnt sie bei mir. Kaum vermag ich es zu glauben.

Mittags schleiche ich mich in ihr Zimmer und kauere mich in die Ecke neben den Schrank. Ganz klein mache ich mich dort und beobachte sie. Wie sie so daliegt, auf dem Kissen, die glänzenden Haare um sie herum ausgebreitet und die Lippen voll, so voll, viel voller als sonst. Sie hat bestimmt einen süßen Morgenatem.

Bevor sie die grasgrünen Augen aufschlägt, streckt sie sich wie eine Katze. Bevor sie die grasgrünen Augen aufschlägt, flüstert sie meinen Namen: »Catherine«, mit einem französischen Akzent und samtener Stimme.

Sie weiß, dass ich neben dem Schrank hocke und warte, dass sie erwacht, damit ich ihr einen Kaffee bringen kann, damit ich den nicht zu früh aufbrühe und der dann nicht mehr frisch ist, bevor sie die Tasse an die schwellenden Lippen setzen kann. Ein Zittern durchläuft meinen Körper, so gern wäre ich diese Tasse, in der ich ihr morgens den Kaffee ans Bett bringe. Mit beiden Händen würde sie mich umfassen, und ihre Lippen, ihre Lippen, sie würde sie öffnen und dann gegen mich pressen, gierig und vorsichtig zugleich, um sich nicht zu verbrennen. Ich heiße nicht Catherine.

Nach dem Kaffee schlägt sie die Bettdecke zurück, und ich muss ein Seufzen unterdrücken, wenn die heiße, duftende Wolke, in der sie durch die Nacht geschwebt ist, mich einhüllt, für einen Moment, einen viel zu kurzen Moment.

Während ich in der Küche stehe und ihr einen Toast bereite, einen mit irischer Butter und bitterer Orangenmarmelade, dazu ein weichgekochtes Ei und frischgepressten Orangensaft, flattert sie durch das Wohnzimmer, um sich auf dem Sofa niederzulassen. Sie riecht nach Zahncreme und ihrem schweren Parfum. Sie scheint keinerlei Verdauung zu haben. Jedenfalls habe ich bisher nichts dergleichen bemerkt.

Die Kissen muss ich ihr noch nicht zurechtrücken, sie setzt sich wieder auf, wenn ich mit dem Tablett komme und ihr das Frühstück serviere. Dann knabbert sie vom Toast und nimmt ein Löffelchen Ei. Man könnte meinen, sie wäre zu schwach zum Essen oder würde auf ihre Figur achten. Doch dem ist nicht so. Sie leidet. Wie jeden Mittag, wenn sie ihre Schlafstatt verlässt. Unter Kopfschmerzen und einer latenten, doch furchtbaren Übelkeit.

Sie tanzt und trinkt bis weit nach Mitternacht. Es stimmt nicht, dass Champagner keinen Kater verursacht. Das weiß ich jetzt, da ich sie mittags so elend sehe. Abends ist sie eingeladen oder lädt zu uns. Für diese Stunden habe ich mir eine weiße Spitzenschürze gekauft. Und ein passendes Häubchen dazu. Es macht mir nichts aus, dass niemand mit der adretten Servicekraft plaudert. Ich versorge die Gäste mit Getränken und einem kleinen, aber raffinierten Imbiss, den ich zubereitet habe. Ansonsten halte ich mich in ihrer Nähe auf, lausche ihren Geschichten und ihrem Lachen, das tatsächlich perlt. Ich sehe die Männer, die ihr zu Füßen liegen und wie sie unbedacht auf sie tritt.

»Wen würdest du nehmen?«, raunt sie mir manchmal ins Ohr.

Ich spüre der Gänsehaut nach, die ihre Lippen in der flüchtigen Berührung auf meinem Körper hinterlassen und deute auf irgendeinen.

»Gute Wahl,« gurrt sie dann.

Aber am Mittag des nächsten Tages liegt sie wieder allein in dem Bett, das vor einer Ewigkeit einmal das meine war. Über Nacht darf niemand bleiben.

Nachmittags gegen vier isst sie. Dann gelüstet es sie nach Fleisch. Ich bereite ihr Braten oder noch blutige Steaks. Fasziniert beobachte ich, wie sie riesige Portionen mit unglaublichen Appetit vertilgt. Sie reißt ihre Lippen auseinander, öffnet den Mund weit, so weit, dass ich befürchte, die Winkel würden ihr einreißen, und verschlingt große Stücke, während ihr der Saft das Kinn hinunterläuft. Manchmal stelle ich mir vor, dass es sich gar nicht um Rinderstücke handelt, sondern um Menschenfleisch. Ich bin sicher, sie liebt, wie sie isst. Ich weiß, dass sie nicht nur Männer begehrt. Vielleicht hege ich deswegen diese alberne Hoffnung auf etwas, an das ich nicht einmal zu denken wage.

Nach dem Essen helfe ich ihr beim Ankleiden. Meine Nähe nimmt sie nicht wahr; nicht meine Nase, die sich in ihrem Geruch verliert, nicht meine Lippen, die über ihre Haut streichen, zart wie Elfenflügel, nicht meine Hände, die ihren Körper nachfahren, ein Glattstreichen der Kleidung vorgebend. Sie trägt die schönsten Kleider. Große Namen, edle Stoffe, seidig, fließend. Nur wenn man genauer hinschaut, ahnt man das Morbide, die fadenscheinigen, mürben Stellen und zerstoßenen Säume, den muffigen Hauch. Morgens wenn sie schläft, nehme ich mir heimlich die Kleider und bessere sie aus. So gut ich es eben kann. Sie darf es nicht bemerken. Sie soll nicht wissen, dass ich weiß. Dass irgendjemand weiß. Die Stoffe sind dünn, zu dünn für diese Breitengrade. Darum friert sie. Zuhause wickele ich sie in warme Decken.

Wenn sie das Haus verlässt, trägt sie einen Pelzmantel, einen zu großen, einen Herrenmantel, räudiger Schakal, mit einem Seidenschal gegürtet. Sie sieht wunderbar darin aus. Groß und verloren. Riesige, umflorte Augen, die endlos müde in die Welt schauen; ihr Mund, das blutrote Innere einer tropischen Blüte; das Haar nachlässig hochgesteckt. Ich will nicht, dass sie geht, allein, ohne mich. Sie hat mir verboten, ihr zu folgen. Sie bleibt für Stunden fort. Wenn sie dann zurückkommt, hat sie verweinte Augen und legt sich erschöpft auf das Sofa. Ich ziehe die Vorhänge vor die Fenster, damit das Licht sie nicht stört, und lasse sie allein. Weil sie das so will. Aber ihr leises Schluchzen stößt mir ins Innere wie ein zweischneidiger, gewellter Dolch. Später kommen die Gäste.

Die Zeit ihrer Abwesenheit nutze ich. Ich säubere die Wohnung, beziehe das Bett, putze das Bad, wasche die Wäsche. Ich gehe einkaufen und bereite die Getränke und die Speisen für die Abendgesellschaft vor. Dann warte ich auf sie. Wenn sie anruft, dass sie nicht nach Hause kommen wird, werfe ich die Austern, Kalbsleberpastetchen und Kaviar-Blinis in den Mülleimer, öffne eine Flasche Champagner und schaue mir einen Film im Fernsehen an. Niemals werde ich sie wieder brüskieren. Noch einmal wird es mir nicht passieren, dass ich unvorbereitet bin.

Das erste Mal hatte ich sie vor einigen Wochen auf einer Party gesehen. Da stand sie umringt und plaudernd, mit einem nicht zur Neige gehenden Glas in der Hand. Niemandem außer ihr wurde Champagner serviert. Ich saß in der Küche, in der Ecke neben dem Buffet, hielt das Käsemesser in der Hand, weil niemand sonst sich Käse schneiden wollte, weil niemand sonst in der Küche war. Während ich mich über einen halben Brie hermachte, zwischen den weichen Bissen große, würzige Rohmilchkäse-Happen in den Mund schob und mit Bier nachspülte, beobachtete ich sie. Ich wünschte, ihre Geschichten hätten mir gegolten. Ich wünschte, sie würde mich anlachen. Ich wünschte, das Wiegen ihrer Hüften wäre von meiner Anwesenheit hervorgerufen worden. Doch sie sah mich nicht, und irgendwann hatte ich den gesamten Käse aufgegessen.

Auf der Straße hatte sie plötzlich neben mir gestanden, eine Zigarette im schönen Mund.

»Nimmst du mich mit zu dir?«

Es dauerte sechs Übernachtungen, bis sie ihren großen Koffer brachte, und ich atmete erleichtert auf.

Solange der Koffer bei mir steht, würde sie immer wieder zurückkommen. Sie bittet nicht darum und dankt es mir nicht. Aber ich bin für sie da. Ich will für sie sorgen. Wir führen keine Konversation. Meist redet sie, erzählt aus ihrem bewegten Leben, von ihren intensiven Gefühlen, so tief, so übermächtig, so beängstigend.

»Letzten Endes ist es immer der Schmerz, der bleibt.«

Ich höre zu, streichele ihre Arme und massiere ihr die Füße. Manchmal seufzt sie dann leise, das ist mir Lohn genug.

Das Telefon klingelt, und sie schließt wie immer die Augen, als zerreiße der Ton etwas in ihrem Innern.

Trotzdem nehme ich den Hörer ab, denn auf dem Display erkenne ich eine mir bekannte Nummer. Es ist das Sekretariat meines Chefs. Nach dem Telefonat lösche ich die Nummer aus dem Speicher. Sie haben mir gekündigt. In den nächsten Tagen läge der entsprechende Brief in meiner Post. Ich kann ihnen das nicht vorwerfen. Natürlich muss die Frage des Geldes geklärt werden. Früher oder später. Dann ziehe ich den Telefonstecker. In den letzten Wochen ergab sich ohnehin nichts Erfreuliches, ausschließlich Mahnungen, Vorwürfe und Gezeter hatte mir der kleine Hörer ins Ohr gebrüllt. Sie soll nicht länger unter dem Klingeln leiden müssen. Ich setze mich zu ihr auf das Sofa, bette ihren Kopf auf meinen Schoß, streiche ihr durch das Haar. Sie ist eingeschlafen, und ich bewache ihn, diesen Schlaf, den sie so dringend braucht.

Es klingelt. Die Frau vor der Tür grüßt nicht, sondern blickt mich tadelnd an. Wie sie mich zermürben, diese Blicke, immer diese Blicke. Die Lippen der Frau bewegen sich, doch ich kann nicht hören, was sie sagt. Es zieht kalt durch den Hausflur. Immer ist es kalt hier. Ich friere unter der dünnen Seide, hätte mir meinen Pelzmantel umlegen sollen. Ich versuche zu lächeln. Ich will, dass diese grobe Frau weggeht.

»Fräulein Reinhart, hören Sie mir überhaupt zu? So geht das doch nicht. Riechen Sie doch mal, wie das stinkt. Und diese vielen Flaschen. Es kommt gar keiner mehr durch. Sie müssen Ihren Müll nach unten in die Tonne bringen. Und Ihr Briefkasten quillt auch über. Fräulein Reinhart, Sie sehen nicht gut aus. Sind sie krank? Kann ich Ihnen irgendwie helfen?«

Ich lächele weiter, obwohl es so sehr anstrengt. Warum habe ich nur die Tür geöffnet? Ich heiße nicht Fräulein

Reinhart, aber das werde ich ihr nicht sagen. Ich will mich endlich zurück auf das Sofa legen. Dort wo Catherine schon auf mich wartet.

Taktgefühl

Ich laufe, weil ich laufen will, weil ich rennen will, weil ich wegrennen will, nur weg, nur weg – so eine Zeit ist das.

Ich setze ein Bein vor das andere, suche den sicheren Halt für den Fuß, jetzt bloß nicht umknicken, jetzt bloß nicht irgendein lockeres Band abreißen, zing! würde es nach oben schnipsen, sich sinnlos unterm Knie zusammenrollen, jetzt bloß nicht hilflos werden, hilflos kommt man nicht weiter, hilflos kommt man nicht weg.

Mein Herz pumpt Blut durch meine Adern, schön rot und gesund, das große Blutbild zeigte keinerlei Anomalie, ich spüre es im Kopf, wie es klopft und hämmert, und mein Gesicht nimmt die Farbe des Blutes an, schön rot, sieht nicht gut aus, passt aber irgendwie zur pinkfarbenen Mütze.

Unter der Mütze dröhnt Musik, viel zu laut, und nachher wird mir der Tinitus rachsüchtig von der äußeren Hirnrinde in die Ohren brüllen, aber jetzt treibt der Beat, gibt den Takt, den Takt, den meine Beine in Bewegung umsetzen, eine Bewegung, die mich wegbringt, immer weiter und weiter weg, und ich spüre diesen Takt und dann denke ich: Ich habe kein Taktgefühl. Und ich denke, wie anders es wäre, wenn es anders wäre.

Ich renne an jemandem vorbei, jemandem, den ich kenne, aber nicht erkennen will, und dann sagt er trotz allem »Hallo« und trotz der pinkfarbenen Mütze und des roten Gesichts darunter. Und damit zwingt er mich, mir Zeit zu nehmen, die Zeit für ein »Hallo«, ein kurzes nur, im Umdrehen, mehr wäre zu viel gewesen, und dann renne ich weiter und nehme ihn mit unter der pinkfarbenen Mütze und all das, was ich Unglaubliches über ihn weiß.

Eigentlich will ich ja nicht so gern über andere reden. Ich bin alt genug, um zu wissen, dass es jedes Mal nach hinten losgeht und sich das kurzzeitige In-den-Mittelpunkt-drängen, das verzweifelte Fischen nach oberflächlichem Zuspruch, niemals lohnt.

Auf der anderen Seite höre ich selber gerne zu. Grundsätzlich bin ich furchtbar schnell gelangweilt vom Leben, das ich nicht unabhängig gestalten kann. Ich möchte das nicht, finde es schlimm, würde es lieber in einer wilden Hatz feiern, von Abenteuer zu Liebelei, auf einen kurzen Trip und in die Wellen und wieder zurück und von vorn und das alles im Sonnenschein, doch dazu fehlt so einiges, vor allen Dingen das liebe Geld und ja, auch die Zeit.

Wobei das nicht stimmt, denn hätte ich Geld, etwas mehr Geld, vielleicht sogar so viel, dass ich mir plötzlich gar keine Sorgen mehr über meine Altersvorsorge machen müsste, dann würde ich mir Zeit kaufen. Und Abenteuer und Liebeleien und wunderbare Drogen ohne Nebenwirkungen und ein kleines Haus am Indischen Ozean mit einem sauber brechenden Pointbreack vor den Fenstern und einem VW-Bus in der Garage.

Ich habe aber kein Geld und mache oft das, was alle anderen auch machen, die nicht das machen, was sie eigentlich gerne tun würden, stehe also auch hin und wieder ein wenig dröge in meinem Leben herum, auf irgendwelchen Partys oder kulturellen Events zum Beispiel, Treffen mit anderen Menschen, um drohende Vereinsamung zu umgehen oder vielleicht doch einmal einen Kuss von einem schönen Mann zu ergattern oder wenigstens einen schönen Mann zu sehen, von dessen Kuss ich dann später allein in meinem Bett träumen kann, immer nur diese Fernsehgesichter zu missbrauchen ist ja doch irgendwann langweilig, obwohl …

Es gibt also immer mal wieder Gelegenheiten, in denen ich mir verbieten muss, hilfesuchend wahllos alkoholische Getränke in mich hineinzuschütten, denn das möchte ich eigentlich nicht tun, ebenso wenig wie ein Päckchen Zigaretten nach dem anderen zu rauchen oder die Zeiger eines Zeitanzeigers zu beschwören, doch mal einen kleinen Sprint hinzulegen oder gar den unendlichen Kosmos anzuflehen, mich mal kurz in einem Schwarzen Loch verschwinden zu lassen.

Nirgendwo fühle ich mich verlassener, nirgendwo fühle ich mich falscher als dann und dort und der schöne Mann steht immer hinter mir, so dass ich ihn nicht sehen kann, oder er ist gar nicht da oder in den Ausschnitt einer Großbusigen versunken, und da kriege ich ihn selbst in meinen wildesten Tagträumen nicht heraus.

Wenn dann einer daherkommt und sagt »Hab ich dir schon erzählt?«, könnte ich ihn küssen, egal ob schön oder hässlich, egal ob Mann oder Frau oder beides. Oft ist das gar nicht gerechtfertigt, und die Erwartung, die so eine Einleitung hervorruft, wird meist enttäuscht. Aber der heftige Herzstoß, der meinen Körper in Aufregung versetzt, eine Geschichte, hurra, eine Geschichte, ist zumindest ein kleiner Höhepunkt.

Und so ich stehe da und sage »Nein, so etwas« und »Ist nicht möglich« und schäme mich ein bisschen.

Manchmal jedoch ist mir unter anderen Menschen nicht verlassen zumute, manchmal langweile ich mich nicht, manchmal vergesse ich solcherlei Befindlichkeiten, denn manchmal läuft mir die Galle aus der Nase, hat sich einfach ihren Weg gesucht, will raus, hat im Inneren schon alles vergiftet. Es geht also ums schiere Überleben, wenn ich dann den Mund öffne und ohne Punkt und Komma meine Wut, meinen Hass, meine Enttäuschung in bitterste Worte kleide, das Entsetzen der Umstehenden, die ich eigentlich gar nicht so gut kenne, ignoriere und hinausspeie, was hinaus muss. Manchmal geht es dabei um die Welt, öfter geht es dabei um jemanden. Und dann habe ich den gedisst und fühle mich schlecht und will nur noch weg. Richtig kompliziert wird es, wenn ich mich mit dem so Besudelten wieder vertrage und gemeinsam mit dem »unglaublichen Arschloch« auf dem nächsten gesellschaftlichen Event erscheine.

Und darum fange ich jetzt gar nicht erst an, vergesse das kurze »Hallo« und die unglaubliche Geschichte dahinter, und ergebe mich dem Taktgefühl.

Migraine sans migraine

Sie leidet an Migräne. Der individuelle Auslösereiz ist ganz eindeutig Gorgonzola. Nur ein Eckchen, ein klitzekleines Stückchen, ein Fitzelchen, ein Hauch davon und sie verschwindet für eine Weile in der Aura, bleibt, weder mit noch ohne Bewusstsein, in einem Dazwischen hängen.

Doch Kopfschmerzen bekommt sie nicht.

Sie sagt:

»Es kündigt sich eine Aura an.«

Sie sagt nicht:

»Ich bekomme Migräne.«

In ihrem Fall würde das die Leute nur verwirren.

Es beginnt mit Sehstörungen. Erst ein Fleck, in dessen Zentrum sie nichts wahrnehmen kann. Wie ein Fussel auf dem Augapfel. Dann sieht sie von jedem und allem nur noch die Hälfte, exakt geteilt in der Mitte: ein halber Mensch, ein halbes Gesicht, ein halbes Auge, ein halber Mund. Je nach Fokus.

Der optische Höhepunkt lässt diese halben Bilder von flackernden, konzentrischen Kreisen rahmen. Gleichzeitig stellt sich die Tiefenschärfe auf eine Entfernung von etwa einem Meter fest ein. Das Ergebnis ist eine irre Abfolge plötzlich auftauchender, sich bewegender, halber Objekte. Sie versucht diese zwar mit starrem Blick zu fixieren, bevor die Nebel sie wieder verschlucken, jedweder Zusammenhang oder Sinn bleibt ihr jedoch rätselhaft.

Inzwischen ist sie auch nicht mehr in der Lage, sich in irgendeiner Form auszudrücken. Die Fähigkeit zu sprechen existiert nicht einmal mehr als Möglichkeit, und wenn sie es dennoch versucht, weil sie die Ahnung eines Gedankens hat, entringen sich ihrem Munde zusammenhanglose Wortkombinationen ohne jeglichen Bezug. Manchmal kann sie noch mit den anderen darüber lachen. Obwohl sie schon nicht mehr weiß, was sie da eigentlich tut und warum.

Teile ihres Körpers ertauben: ein oder zwei Finger, immer ein Daumen, die Nasenspitze und die linke Wange, ein Auge, das Kinn.

»Sie ist im Dazwischen«, sagen die anderen und lassen sie irgendwo liegen oder sitzen. Je nach dem.

So verbleibt sie mehrere Stunden, bewegungslos und irre starrend. Bis sich plötzlich ein Schalter umlegt. Dann kommt sie wieder, erschöpft und mit erschlaffenden Muskeln.

Sie hat sich an einen monatlichen Anfall gewöhnt, nennt ihn ihren obligatorischen Besuch im Zwischenreich. Ansonsten meidet sie Gorgonzola.

Eines Tages sucht sie dennoch einen Neurologen auf. Es sei seltsam, so ohne jeden Kopfschmerz, sagen die anderen, und vielleicht ist es ja ein Tumor.

Der Neurologe hat wasserblaue Augen. Er hört sich ihre Schilderungen an, und sie erkennt einen nicht unbeträchtlichen Wellengang im Blau.

Nach einem von ihm überwachten EEG scheint der Mensch in größter Erregung, die nun dunkelblaue See wird von einem Orkan gepeitscht.

Er schlägt eine Kernspintomographie und ein weiteres EEG nach 24 Stunden Schlaflosigkeit vor. Nichts ist ihm zu teuer.

Das leise Beben seiner Stimme irritiert sie maßlos, und sie erbittet sich Bedenkzeit, fragt aber doch, was es mit ihrer kopfschmerzlosen Migräne auf sich hat, denn er scheint etwas zu wissen.

»Das ist eine migraine sans migraine, eine ganz seltene, wenig erforschte Form. Oder sogar etwas völlig anderes.«

Mit belegter Stimme fährt er fort, das Ganze sei sehr interessant, und es gelte herauszufinden, was es tatsächlich damit auf sich hätte, und er habe seit kurzem die Erlaubnis, gewisse Experimente ambulant durchzuführen, und sie hätte da großes Glück gehabt, an ihn geraten zu sein. Und das Flackern in seinen Augen wird gierig, ja, er beginnt sich gar die Hände zu reiben und stark zu schwitzen.

Ein Gefühl der Panik breitet sich in ihr aus. Ist sie ein willkommenes Opfer, eines mit einer nahezu unbekannten, zellenzerfressenden, Halluzinationen hervorrufenden Krankheit? Ist er ein besessener Hirnforscher, der mit dubiosen Experimenten einen Drang befriedigen will? Wie weit würde er gehen? Und wer kontrolliert ihn?

Plötzlich sieht sie sich eingesperrt in einen Glaskasten im Keller unter der Praxis, mit unbeschreiblichen Chemikalien versetzt, ein Gummigitter über den Kopf gespannt, über Drähte verbunden mit blinkenden Apparaturen, die beim Schreiben leise kratzen.

Oder würde er ihr gar ein Loch ins limbische System bohren, um mit einem Lichtstrahl oder einem Schaschlikspieß ihre Emotionen zu manipulieren? Oder dort einen direkten Port für seinen Computer einpflanzen? Würde er sie mit optischen oder akustischen Stakkatos quälen, einem enormen Magnetfeld aussetzen, leichte Stromstöße über den Boden durch ihre nackten Fußsohlen jagen oder sie tagelang hungern lassen, um dann einzig ein riesiges Stück Gorgonzola in die Essensklappe zu legen?

Sie bekommt keine Luft mehr und verlässt die Praxis so schnell sie kann. Das Objekt wilder Experimentierwut eines irren Neurologen, will sie nicht sein. Und so schlimm sind die Aufenthalte im Dazwischen zudem gar nicht. Viele, die sie kennt, handeln gegen das Gesetz und bezahlen große Summen Geldes, um Ähnliches erleben zu können.

Als ihr Telefon klingelt, sich am anderen Ende die Stimme meldet, die sie seit Monaten schlaflos zurückließ, die jemandem gehört, der ihr nicht mehr aus dem Kopf geht, der sich eingenistet hat in ihrem Herzen und in ihrem Bauch herumtanzt, als sie endlich, endlich die ersehnte Verabredung ausgesprochen hört, die so klingt, als sei es nicht nur eine Verabredung zum Essen, als solle der Abend in seiner Wohnung in die Nacht übergehen und auch noch das Frühstück miteinander geteilt werden, da verlässt sie die Zeit.

Die nächsten Stunden, nahezu hysterisch verbracht in der Vorbereitung auf diesen Moment, da sie ihm endlich gegenübersitzen, sich in ihn, in seine Augen, seine Worte versenken und das Essen vor ihnen stehen wird – diese Stunden sind entfallen.

Jetzt, in diesem Moment hat sie das Gefühl, auf den Höhepunkt ihres Lebens zuzusteuern. Nichts mehr spielt eine Rolle. Es gibt nur noch diese Augen, diesen Geruch, dieses Gegenüber. Kaum kann sie es erwarten, bis sie ihn berühren darf, und nahezu lustvoll genießt sie den Schmerz jeder weiteren Sekunde, die sie zum Warten zwingt.

Und sie öffnet gierig den Mund, als er seine gefüllte Gabel vom Teller hebt, um sie probieren zu lassen. Sie hat keinerlei Appetit. Es ist der Akt des Empfangens, der sie erschauern lässt, als sie schluckt, was sie nicht zu schmecken vermag.

Doch dann erstarrt sie. Ein Faden geschmolzenen Gorgonzolas verbindet noch immer ihren Mund mit seiner Gabel.

Fallende Sterne

Sie war allein und lebte diesen Zustand hemmungslos aus. Sie hatte stundenlang ferngesehen, manchmal im Sekundentakt die Programme gewechselt. Sie hatte essend auf dem Sofa gelegen und alles vollgekrümelt, die Butter und die Wurstdose hatte sie nicht in den Kühlschrank zurückgestellt, das Brot trocknete offen an der Luft vor sich hin, ebenso die Essensreste am Geschirr, das sich in der Spüle stapelte. Gäbe es ihn noch, er hätte sich vergessen darüber.

Der Tag, er hatte Sonne gebracht, und sie musste die Rollläden geschlossen halten, damit sie ihr nicht das Gefühl des Aktivseinmüssens in die Augen strahlen konnte, der Tag war schon längst wieder verschwunden und sie noch immer ungewaschen, und irgendwann würde sie höchstwahrscheinlich in demselben formlosen Sweatshirt ins Bett zurückfallen, in dem sie sich zehn Stunden zuvor daraus erhoben hatte. Ich verwahrlose, dachte sie, und das ist sicher nicht gut.

Von plötzlich schlechtem Gewissen getrieben beschloss sie, doch noch zu duschen. Auf dem Weg ins Bad entledigte sie sich ihrer Kleidung, nur die geringelten Kniestrümpfe zog sie vorerst nicht aus, sie hatte kalte Füße.

Sie blieb vor dem Badezimmerspiegel stehen. Die Haare müsste sie dringend waschen, die hingen in fettigen Strähnen vom Kopf, aber nicht heute, dazu war sie zu müde. Ihre Haut wies einige Unreinheiten auf, und sie drückte verbotenerweise daran herum, ohne sich vorher die Hände gewaschen zu haben.

Ein Geräusch, das nicht sie verursacht hatte, ließ sie den Kopf wenden. Er lag auf dem dreckigen Wäscheberg und war schön, unvergleichlich schön. Sie lächelte und drehte sich wieder ihrem Spiegelbild zu. Beinahe hätte sie den Bauch eingezogen, der sich nackt gegen das kalte Porzellan des Waschbeckens wölbte. Na, so weit kommt es noch, dass ich mich schäme. Trotzdem war es seltsam, dass er jetzt dort lag. Sie hatte gerade gar nicht an ihn gedacht.

Sie lebten schon länger zusammen, in der Villa am Ozean, direkt über dem kleinen Strand mit der perfekten Dünung. Sie hatten unglaublichen Sex, wild und zärtlich, ausgefallen und romantisch, wann immer sie wollte. Sie wollte oft, und er wollte immer. Er liebte und begehrte sie maßlos.

Eigentlich war sie zu alt für so etwas, eigentlich war es den Fünfzehnjährigen vorbehalten, aber niemand wusste davon, und sie würde es auch niemanden erzählen, darum konnte sie so tun, als wäre es nicht wahr.

Ich brauche wieder einen Freund, sonst macht mich das Alleinsein noch wunderlich, dachte sie und drückte weiter in ihrem Gesicht herum.

Plötzlich hielt sie erschrocken inne. Sie hatte ihn gesehen!

Wieder drang ein Geräusch an ihr Ohr. Sie kniff die Augen zusammen und wünschte ihn fort. Niemals hätte sie gedacht, so etwas je tun zu müssen. Aber als sie es endlich wagte, einen erneuten Blick in Richtung Wäscheberg zu werfen, war er immer noch da, thronte auf ihren getragenen Höschen, Strümpfen, Pullis, den benutzten Handtüchern und starrte sie entsetzt an. Und da wurde sie sich ihres Aufzugs bewusst, nackt und übergewichtig in Ringelstrümpfen, rote Beulen im Gesicht, die sich unter den Halbmonden der Fingernagelabdrücke gebildet hatten, gekrönt von fettigem Haar. Sie schlüpfte unter seinem reglosen Blick in einen Bademantel, bevor der unglaubliche Gedanke in ihrem Gehirn wirklich ankam: Er saß in ihrem Badezimmer!

Weil er leblos und wie eingefroren schien, nahm sie einen Handspiegel, kniete vor ihm nieder und hielt ihm denselben vor Mund und Nase, starrte dabei in seine aufgerissenen Augen zurück. Der Spiegel beschlug. Er war lebendig! Und sie brach in hysterisches Gelächter aus.

»Du bist echt, stimmt's? Du bist richtig echt!«, schrie sie wieder und immer wieder und begann ihn anzufassen: seine Arme, sein Gesicht, seine Haare, vorsichtig erst und dann heftiger, bis sie mit beiden Fäusten auf seinen Brustkorb eintrommelte.

Noch immer hatte er nichts gesagt. Aber plötzlich beugte er sich ihr entgegen und erbrach sich in ihren Schoß. Abrupt hörte sie auf zu schreien.

»Oh, mein Gott, ist das eklig«, flüsterte sie entgeistert.

Sie entledigte sich des besudelten Bademantels, schmiss ihn in den Mülleimer, zog die Kniestrümpfe aus und sprang unter die Dusche, bevor der üble Geruch auch ihr den Mageninhalt heben würde. Sie seifte und schrubbte an sich herum, als gelte es, eine am Strand gefundene, mit Jahrhunderte alten Sedimentschichten ummantelte Golddublone von ihrer Kruste zu befreien. Insgeheim hoffte sie, mit der ablaufenden Lauge auch ihn hinfortzuspülen. Aber dann wurde der Druck ihrer Hände sanfter, sie kreisten um ihre Körpermitte, und plötzlich wurde sie von Erregung erfasst. Das war doch er da draußen, er, der

Angebetete, der heimlich Geliebte! Hatte sie nicht erst gestern seinetwegen Schmerzen ertragen müssen, als sie verstohlen den Fernseher küsste und einen elektrischen Schlag bekam, weil sein Mund, viel zu groß, viel zu nahe, sie dazu verführt hatte?

»Lieber Gott, mach, dass er noch da ist.«

Sie riss den Duschvorhang zurück, und da lag er noch immer auf dem Wäscheberg, hatte die Augen geschlossen und schnarchte leise. Sie trocknete sich ab und legte großzügig Make-up auf. Sie hätte nicht die empfindliche Gesichtshaut zerdrücken dürfen, vorher hatte man nicht wirklich etwas gesehen, aber jetzt. Auf Zehenspitzen schlich sie aus dem Bad.

Im Schlafzimmer öffnete sie ihren Kleiderschrank und zog sich mehrere Male an und aus und um, bis sie in einem zu engen Kleid halbwegs das Gefühl hatte, passend gekleidet zu sein für ein Date mit dem Mann ihres Lebens.

Immer wieder tippelte sie ins Bad zurück, um zu schauen, ob er noch da war, und jedes Mal erhaschte sie denselben Blick auf seinen zusammengekauerten Körper und den seitlich abgewinkelten Kopf mit dem aufstehenden Mund, aus dem ein klebriger Faden seitlich am Kinn herunterrann. Es kostete sie ein wenig Mühe, ihn so begehrenswert zu finden wie sonst.

Dann öffnete sie einen Wein und setzte sich ihm gegenüber auf den Duschvorleger und probte ein wenig herum, in welcher Stellung sie ihm den attraktivsten Anblick bieten würde, sollte er endlich erwachen.

Es dauerte lange. Die Flasche war leergetrunken, und sie hatte die verführerische Position aufgegeben, konnte die dafür nötige Körperspannung längst nicht mehr halten.

Da schlug er beinahe unerwartet die Augen auf, nur um sie sofort wieder zu schließen. Sie hatte nicht einmal Zeit gefunden, ein Lächeln aufzusetzen.

»Verdammt, ich dachte es sei nur ein irrer Trip gewesen«, stöhnte er. Natürlich sprach er Englisch, er war ja Amerikaner. Daran hatte sie noch gar nicht gedacht, sonst unterhielten sie sich eher in einer sprachenlosen Sprache. Sie war ein bisschen enttäuscht, sie mochte Englisch nicht besonders, wahrscheinlich, weil sie es nicht konnte.

»Hallo«, flüsterte sie und hoffte verführerisch zu klingen. Auf die Schnelle wollte ihr sein Name nicht einfallen.

»Wo, verdammt noch mal, bin ich?«

»Du bist bei mir.«

»Scheiße!«

Sie schluckte hart. Aber wahrscheinlich musste er erst zu sich kommen, vielleicht war die Anreise beschwerlich gewesen, es war auch möglich, dass er betrunken war, er roch nicht gut.

»Möchtest du dich vielleicht ins Bett legen? Das hier muss doch furchtbar unbequem sein.«

Sie half ihm auf und in ihr Bett, er konnte sich kaum bewegen, stöhnte jämmerlich, nein, *jämmerlich* wollte sie nicht denken, er hatte sehr lange in einer äußerst unbequemen Haltung zugebracht, da würde ihr an seiner Stelle auch alles wehtun.

Dann saß sie im Wohnzimmer auf dem Sofa und wartete. Ganz still saß sie da, damit sie sie hören konnte, die Geräusche, die er im Schlaf von sich gab und die ihr wohlig ins Herz krochen. Aber irgendwann langweilte sie das ein wenig, und sie wurde müde. Sie zog ihr Kleid aus, hängte es sorgfältig über einen Stuhl, sie würde es auch morgen tragen. Einen schönen Pyjama besaß sie nicht, also wählte sie die teure Unterwäsche und ein Konzert-Shirt mit seinem Konterfei. Sie kroch zu ihm unter die Bettdecke und konnte nicht einschlafen, wachte über seinen Schlaf, bis der nächste Tag heraufzog. Da zwängte sie sich wieder in das Kleid und schlich ins Bad, um das Make-up zu erneuern. Endlich erwachte er.

»Scheiße, was bist du?«

Das war nicht die Frage, die sie erwartet hatte.

»Eine Frau, ich bin eine Frau.«

Wieder starrte er sie ungläubig an.

Na gut, dachte sie, er hat mich noch nicht erkannt, mich, die ich zu ihm gehöre. Er ist eben ganz andere Frauen gewöhnt, schön, mit langem Haar und perfekten Körpern, das hatte sie gesehen, unzählige Male, auf den Bildern des teuren, englischen Magazins, das sie sich immer am Bahnhof kaufte, um genau diese Bilder von ihm zu finden und zu hassen.

»Möchtest du etwas essen?«, versuchte sie ihn abzulenken, wartete seine Antwort auch gar nicht ab, sondern war schon in die Küche geeilt, wo sie mit Entsetzen feststellte, dass sie außer trockenem Brot, ranziger Butter und hartgewordener Wurst nichts Essbares im Haus hatte. Sie wollte auf keinen Fall die Wohnung verlassen, um einzukaufen, womöglich wäre er bei ihrer Rückkehr nicht mehr da – als sie die Dose mit Ravioli in Tomatensoße fand.

Sie hörte ihn im Bad rumoren und hoffte, er würde ihre Zahnbürste mitbenutzen, das hätte sie romantisch gefunden.

Als sie die Teller mit dem erwärmten Nudelgericht auf den Tisch stellte, kam er in einem ihrer Sweatshirts aus dem Schlafzimmer. Es war ihm ein bisschen zu groß, und sie schämte sich dafür.

»Hast du nichts Vernünftiges zum Anziehen da?«

Wie hatte ihr das passieren können? Vor ihrem inneren Auge erschien der große begehbare Schrank in dem Haus, in dem man den Widerhall der sich brechenden Ozeanwellen hörte.

»Nein, tut mir leid. Ich habe keinen Freund.«

Sie hoffte, er hatte verstanden.

»Was ist das hier?«

Er hatte sich gesetzt und stocherte angewidert in den Teigtaschen herum.

»Ravioli.«

»So was isst du zum Frühstück?«

»Hmm.«

Sie konnte nicht antworten, denn sie hatte sich eine viel zu große, viel zu heiße Ravioli in den Mund geschoben. Tränen traten ihr in die Augen, und sie beugte den Kopf dicht über den Teller, damit er es nicht bemerkte.

»Hast du nichts Richtiges da?«

Etwas störte sie an seinem Ton, trotzdem antwortete sie beflissen.

»Ich könnte schnell etwas von Burger King holen, wenn du möchtest?«

»Junkfood? Gott bewahre. Hast du eine Ahnung, wie schädlich das für den Körper ist? Ich esse ausschließlich makrobiotisch.«

Davon hatte sie schon gehört, wusste aber nicht genau, was das war.

»Entschuldige, aber … du bist doch Rockstar …«

Er schaute sie irritiert an.

»Und? Muss ich deshalb fettiges, ungesundes Zeug essen?«

»Na, ja, nein … ich dachte nur … Sex and drugs and Rock ‘n’ Roll und so was alles … «. Ihr brach die Stimme weg.

Sie war entsetzlich verlegen und wagte nicht, ihn anzuschauen. Sein Ton gefiel ihr noch immer nicht. Das Ganze lief nicht wie sonst. Sonst machte er, was sie wollte. Dass er einen eigenen Willen, eine ihr unbekannte Persönlichkeit haben könnte, daran hatte sie noch gar nicht gedacht.

Es war trotzdem schön, ihn endlich hier zu haben, auch wenn es anstrengend war und sie nicht damit gerechnet hatte, dass sie sich so schlecht fühlen würde.

»Ich laufe dann mal fix los und besorge dir etwas zu essen.«

Sie steckte ihre Füße in die selten getragenen Pumps und stakste unsicher zum Supermarkt. Erst als sie vor der verschlossenen Tür stand, fiel ihr ein, dass es ein Sonntag war.

Auf dem Nachhauseweg überlegte sie fieberhaft, was zu tun sei, bis ihr die Idee kam, im Telefonbuch nach einem makrobiotischen Restaurant zu suchen. Sie fragte sich, ob ihr so etwas schmecken würde. Sie würde sich vermutlich in manchem umstellen müssen, aber so war das wohl, wenn aus der Liebe eine Beziehung erwachsen sollte, da musste man zu Kompromissen bereit sein.

Als sie die Wohnung betrat, rief sie: «Ich bin zurück!« und wusste, noch ehe ihre Stimme verklungen war, dass er nicht mehr da war.

Sie zog die unbequemen Schuhe aus und ließ sich auf das Sofa plumpsen. Das viel zu enge Kleid krachte in allen Nähten. Sie schaute ein wenig verloren im Zimmer herum. Dann schaltete sie den Fernseher ein.

Weiße Lilien

Hey! Bist du da? Bist du hier? Hier bei mir? Hörst du mir zu?

Er stand dort oben und war schön. Und das war auch der Grund, warum er dort oben stand. Zwar schrappte er wie ein Besessener auf den Saiten einer Gitarre herum, ließ auch hin und wieder ein von einem Mikrofon verstärktes unmelodisches Geheul ertönen, doch all das sollte sie nur auf sein fantastisches Aussehen hinweisen.

»Himmel, ist der gut!«, stöhnte sie aus den tiefsten Tiefen.

Sven, der über Musik nachgedacht hatte, sah sie von der Seite an, so als litte sie unter Sinnestäuschungen, als sei es ratsam, ein wachsames Auge auf sie zu haben, die soeben ihre Zurechnungsfähigkeit eingebüßt zu haben schien.

Sie widersprach seinem Blick nicht, denn auf der Bühne stand ein Wesen, das irgendjemand nach der Vorlage geschaffen hatte, die in ihrem Gehirn unter »Gott« abgespeichert war und als Schablone für den männlichen Protagonisten ihrer Tagträume diente. Sie hatte anderes im Sinn.

Sven sagte nichts. Mit einem Lächeln stolperte er ihr nach, in die erste Reihe, wo sie vorhin nicht hatte hingehen wollen, weil man dort von anderen, womöglich schwitzenden Menschen berührt worden wäre. Aber nun wollte sie dem schönen Mann auf der Bühne nahe sein.

Svens Lächeln war traurig, wie immer, wenn sie wieder einmal für einen anderen entbrannt war. Aber dieses traurige Lächeln gehörte zur Ausstattung der Rolle, die sie für ihn ausgesucht hatte, denn niemals würde sie ihm gehören, so hatte sie es ihn immer wieder wissen lassen. Also begnügte er sich mit dem heimlichen Auffangen manches Schweißtropfens ihrer Haut und dem Einatmen ihres hitzigen Geruchs, während der andere aus ihren Augen strahlte, und an diesen Geruch versuchte er sich zu erinnern, allein in seinem Bett, wenn er mit den Händen auf die Suche ging und immer nur sich selber fand.

Sie nahm den schönen Mann mit zu sich nach Haus. Sie hatte diese Art, Musiker nach den Auftritten anzusprechen, hatte dieses Gespür für den Moment der Schwäche, den Moment der unsäglichen Einsamkeit, wenn der Applaus verstummt war und der eben noch Bejubelte die Bühne verlassen und sich an die Bar gesetzt hatte. War sie berührt worden, im Kopf, im Bauch oder zwischen den Beinen, dann trank er das erste Bier nicht allein, sondern mit ihr. Dann fing sie ihn auf, bevor er unten aufschlug.

Dass er sie jedoch erst Monate später wiedersehen würde, damit hatte Sven nicht gerechnet.

Weil das Schicksal es dieses Mal gut mit ihr meinte, kam der schöne Mann wieder und brachte Blumen. Weiße Lilien. Sie waren wunderschön und verursachten ihr Kopfschmerzen.

Der schöne Mann und sie verliebten sich ineinander. Sie konnte weder klar denken noch tief atmen. Sie verlor vier Kilogramm Körpergewicht und musste mehrmals am Tag die Unterhose wechseln, die sich immer wieder feucht zwischen ihren Schenkeln rieb, weil sie ihn nicht betrachten konnte, ohne zu zerfließen. Sie fuhr ihr Fahrrad nur noch im Stehen. Ihre Lippen hingen in Fetzen. Die Haut am Kinn und auf den Wangen krustete und brannte wie Feuer, doch immer wieder ließ sie sich diese voller Gier von seinem harten, unrasierten Gesicht aufreißen. Sie spürte weder Sonne, Wind noch Regen. Irgendwann gab ihr Telefon auf und klingelte nicht mehr. Es war ihr egal. Die Zeit war vollkommen, eine Zeit, in der ihre Wünsche erfüllt wurden, bevor sie sie hatte.

Stellst du sie dir vor? Ihre wunden Lippen, ihren leuchtenden Blick, der dich aus einer anderen Dimension heraus anstrahlt? Dir von durchwachten Nächten der Liebe erzählt? Kannst du ihn riechen, ihren wilden Duft?

Oder langweile ich dich? Langweilt dich das Glück? Das Glück der anderen, das du nicht ertragen kannst, weil es nicht das deine ist? Pfui, schäm dich!

Weil sie in der schöneren Wohnung wohnte, stand er nach fünf Wochen mit einer vollgepackten Sporttasche und einem weiteren Bund betörender Lilien vor ihrer Tür. Sie ließ ihn hinein. Während das Herz ihr in der Brust freudig hüpfte, räumte sie ein Fach in ihrem Schrank frei. Ein eigenes Wasserglas für seine Zahnbürste stand schon länger im Bad. Den sich einstellenden leichten Kopfschmerz ignorierte sie.

Als er die Tasche ausgepackt hatte, standen zwanzig weitere CDs in ihrem Regal, aufgereiht wie an einer Schnur, die Rücken ordentlich beschriftet mit Worten, die ihr nichts sagten. Sie strich zärtlich darüber. Auch ihre eigenen CD-Cover sahen plötzlich korrekter aus und all die silbernen Scheiben, die sich ansonsten auf oder neben dem CD-Spieler stapelten, obwohl sie wusste, dass sie so zerkratzen würden, lagen nun geschützt und alphabetisch geordnet in ihren Hüllen. Wenn einer seine Musik mitbrachte, dann meinte er es ernst. Bald schon konnte sie wieder essen.

Mit Speisen und Getränken beladen, stiegen sie die Treppe zur Wohnung hinauf, er voraus, wie er immer etwas vorauslief, um sie vor allem beschützen zu können, so wie es seine Pflicht war, sie hinterdrein, versunken in der Bewegung seines Hinterns. Da erfasste sie am Rande etwas Irritierendes. Eine unbedachte Bewegung, nachlässig, beinahe unbemerkt. Aber eben nur beinahe, denn sie hatte sie gesehen, aus den Augenwinkeln zwar und eigentlich hatte sie sie eher gespürt, aber für einen Moment wurde sie aus der Betrachtung seines Gesäßes gerissen. Sie hob sogar den Blick und runzelte die Stirn. Er hatte im Vorbeigehen die Fußmatte des Nachbarn mit dem Schuh geradegerückt.

Doch als sie die Wohnungstür hinter sich geschlossen hatten, war die Irritation verflogen. Sie ließen die Einkäufe fallen und fielen übereinander her. Zu lang hatte der Aufenthalt in der Öffentlichkeit gedauert.

Danach räumte er die Einkäufe in die entsprechenden Schränke, stellte die Blumen ins Wasser, und sie aßen den rohen Fisch im Reismantel und betranken sich mit weißem Wein.

Tage später fand die Nachmittagssonne sie hingekauert auf dem großen Sofa und kitzelte sie aus einem frevelhaften Schlaf. Er nahm ihr Gesicht in die Hände und küsste sie, zart erst, dann ungeduldiger, bis sie gierig die Führung übernahm. Da schien er mit einem Mal die Küsse nicht mehr zu erwidern. Sie ahnte diesen Wandel vom Leidenschaftlichen zum Zögerlichen nur, nichts, was zu einer wirklichen Unterbrechung geführt haben würde, wenn sie nicht die Augen geöffnet hätte und seinem flackernden Blick begegnet wäre.

»Stimmt irgendwas nicht?«, hauchte sie in seinen Mund, möglichst leise, um es nicht wahr werden zu lassen.

»Es tut mir leid. Ich meine das auch nicht böse. Es ist mir nur so wichtig, verstehst du?«, wand er sich aus ihrem Kuss.

»Alles was dir wichtig ist, soll fortan auch mir wichtig sein«, säuselte sie, die Lippen noch immer gespitzt.

»Es sind deine Augenbrauen.«

»Ja?«

»Du hast heute keine Zeit gehabt, sie zu zupfen.«

Es stimmte. Wochenlang hatte sie sich intensiv mit ihrer Oberfläche beschäftigt, ließ außer den Spuren der Liebe keinen noch so kleinen Makel zu. Aber sie hatte sich erlaubt, inzwischen ein wenig nachlässiger zu sein.

»Richtig. Und auch gestern hast du mir keine Zeit dazu gelassen. Wird nicht wieder vorkommen.«

Sie gab sich alle Mühe, diesem Augenblick das Peinliche zu nehmen, versuchte mit scherzendem Ton das Unwohlsein, das seine Bemerkung heraufbeschworen hatte, zu überspielen, bot ihm schwellend den wunden Mund dar. Doch es gelang nicht. Er küsste sie nicht.

»Bitte.«

»Was jetzt?«, schrie sie überrascht auf.

Noch sandte ihr Unterleib Signale ganz anderer Bedürfnisse, noch spürte sie ihr Blut an äußerst empfindlichen Stellen heftig pochen.

Doch er nickte, und sie ging ins Bad und zupfte sich die Augenbrauen in einen perfekten Bogen. Dann sprang sie unter die Dusche und rasierte ihre Haut.

Plötzlich musste sie lachen. Leise nur, er sollte es nicht hören und womöglich missverstehen, denn sie hätte dieses Gefühl nicht zu erklären gewusst, dieses Gefühl der dunklen Unruhe, das sie fortgelacht hatte, als sie zu ihm zurückkam, glatt und nackt und duftend, um nun doch von ihm geküsst zu werden.

Den Papierstapel auf ihrem Schreibtisch sah sie, als sie die Augen schloss. Er musste die Zeit, die sie im Bad verbracht hatte, genutzt haben, ihn sauber auszurichten. Akkurat war das einzige Wort, das ihr in den Sinn kam. Ein Wort, das ansonsten nicht zu ihrem täglichen Sprachschatz gehörte.

Bist du enttäuscht? Ist der Preis für ihr unerhörtes Glück zu gering? Das böse Erwachen zu langsam, zu ungewiss, zu flüchtig? Laufe ich Gefahr, deine Aufmerksamkeit doch noch zu verlieren?

Bleib hier, hier bei mir, und komm näher. Viel näher. Hör mir zu!

Gegen Mittag malte die Sonne üblicherweise einen Mann mit einer großen Nase an die Wand, nutzte dazu die ungleichmäßig ins Regal geschobenen Bücher als Vorlage für den Schattenriss. Sie mochte den Mann mit der großen Nase, freute sich über die Gespräche der unbewölkten Tage. Er wusste so viel und hatte doch die Größe, in den richtigen Momenten zu schweigen.

Sie saß allein auf dem Sofa. Die Sonne schien. Doch sie wartete vergeblich. Wahrscheinlich hätte sie es sonst gar nicht bemerkt. Der schöne Mann hatte ihre Bücher in saubere Reihen geschoben, exakt ausgerichtet an den Exemplaren, die am weitesten hervorstanden.

Doch da hörte sie im Türschloss den Schlüssel, den sie ihm anvertraut hatte. Das Herz wollte ihr zerspringen vor überschäumender Liebe, als er zu ihr ins Zimmer trat und seinen Kopf müde und Zuflucht suchend in ihren Schoß legte. Er hatte Blumen gebracht. Weiße Lilien. Sie fuhr ihm durchs Haar und war glücklich, glücklich nicht ohne ihn, glücklich nicht allein zu sein. Sie stellte die Blumen in die Vase. Unbekümmerte Leichtlebigkeit oder Gottvertrauen? Die schweren Blüten trugen beide Botschaften in sich. Ob er das wusste? Sie versuchte den Kopfschmerz wegzulächeln.

»Du bist der einzige Mann, der auch in Hausschuhen sexy ist«, rief sie ihm über die Schulter zu.

Er belohnte sie mit zwei Stunden wunderbar quälenden Berührungen, bis er ihr die Erlösung erlaubte. Sie vergaß Raum und Zeit.

»Verdammt, ich muss mich jetzt wirklich beeilen.«

Sie hatte sich verabredet.

»Um acht essen wir, okay?«

»Klar, wie immer.«

Sie gab ihm einen launigen Nasenstüber, um dann über seine Schuhe im Flur zu stolpern. Trotz der Eile nahm sie sich die Zeit, diese wieder exakt nebeneinander zu stellen, die Spitzen Richtung Ausgang weisend, so wie er es mochte.

Und dann kam sie doch zu spät, und der schöne Mann verweigerte ihr den Kuss und strafte sie mit Schweigen. Sie kämpfte verunsichert mit den lauen Spaghetti und wagte nicht, ihn anzuschauen. Irgendwann leckte er ihr vorsichtig die Soße aus dem Gesicht, und sie schwor sich erleichtert, nie wieder die Zeit zu vergessen.

Zu ihrem Geburtstag schenkte er ihr eine Armbanduhr. Sie glaubte sich gerührt. Seit Jahren hatte sie nur noch auf das Display ihres Handys geschaut, wenn sie die Uhrzeit wissen wollte, was nicht sehr oft vorkam. Sie band die Uhr um das Handgelenk und zeigte sie mit einer Begeisterung herum, die ihre Freunde verwunderte. Nach einigen Tagen war die Uhr verschwunden, irgendwo verloren im geräumigen Inneren der großen Umhängetasche mit dem Autogurt, die sie überall mit sich herumtrug. Sie kam trotzdem nicht mehr zu spät.

»Wie ist es so, mit einem Rockstar zusammen zu sein?«, fragten ihre Freundinnen sie mit glänzenden Augen.

»Welchen Rockstar meint ihr?«

Aber da fiel es ihr wieder ein. Sie hatte ihn das erste Mal auf einer Bühne gesehen.

»So ein Rocker ist er gar nicht, wisst ihr. Einmal die Woche probt seine Band, und hin und wieder haben sie ein Konzert in irgendeinem kleinen Club oder Jugendheim, aber eigentlich …«

Sie wusste nicht genau, was er eigentlich machte. Er war die meiste Zeit bei ihr. Seltsamerweise hatte sie ihn nie gefragt. Dazu hatte es keine Gelegenheit gegeben. Zu seinen Konzerten ging sie nicht mehr. Eine unbestimmte Erinnerung ließ sie vermuten, dass sie sich dort nicht amüsieren würde. Sie war jemand, der sich in lächerlichem Maß fremdschämte.

»Aber er deckt den Tisch fürs Abendbrot und räumt danach die Spülmaschine ein und aus, und einkaufen geht er auch, und er saugt die Wohnung. Das macht er, glaube ich, sogar richtig gern.«

Sie wusste, dass ihre Stimme lahm klang.

»Na, solange er das wenigstens nackt tut.«

Sie stimmte in das Gelächter ihrer Freundinnen mit ein.

»Außerdem schenkt er mir Blumen.«

Als sie nach Haus kam, erwartete er sie, ließ ihr keine Zeit, Schuhe und Mantel auszuziehen, riss sie in seine Arme, küsste sie schwindelig. Sie lehnte sich gegen die Wand, als seine Zunge an ihrem Körper hinunterglitt, sie wäre sonst zu Boden gesunken. Alberne Puten, was wissen die schon, konnte sie noch denken, bevor sie die Augen schloss und den explodierenden Sonnen hinterhersah.

Inzwischen hatte sie verstanden, wie sie ihm am besten gefiel, und die Tränen, die sie sich nach dem Friseurbesuch aus den Augenwinkeln wischte, sah er nicht. Er nahm sie bei der Hand, wirbelte sie im Kreis herum, so dass sie der zu enge Rock und die ungewohnt hohen Schuhe fast aus dem Takt gebracht hätten und schrie in die Welt hinaus, dass er die schönste Frau sein eigen nennen durfte. Sie liebte ihn so.

Montags und mittwochs trainierten sie gemeinsam im Fitnessstudio. Am Sonntag liefen sie durch den Wald und über die Felder. Von seinem Vorschlag, gemeinsam Sport zu treiben, war etwas zwingend Notwendiges ausgegangen, dem sie sich nicht zu widersetzen vermochte. Und irgendwann machte es ihr sogar Spaß. Selbst die Hanteln stemmte sie grimmig und rotgesichtig wieder und wieder.

Am Dienstag und am Donnerstag gingen sie zum Abendessen in ein Restaurant, dienstags zum Italiener und donnerstags zum Asiaten.

Freitags brachte er einen neuen Strauß weißer Lilien, und samstags trat er mit der Band auf. Sie verabredete sich dann mit ihren Freundinnen. Hatte er keinen Auftritt, sahen sie sich im Fernsehen einen Film an.

Sie redeten immer miteinander, sagten aber nicht viel. Sie hatten phantastischen Sex. Das empfanden sie beide so. Und sie erfreuten sich aneinander, wenn sie sich anschauten.

Als sie sich einmal, ohne ihn zuvor zu fragen, für einen Dienstagabend verabredet hatte, schlief er drei Tage nicht mit ihr. Später, sie wieder in den Armen haltend, entlockte er ihr das Versprechen, so etwas nie wieder zu tun. Er hasste es, wenn sein Tag unvorhersehbar war.

Manchmal las er ihr die Texte vor, die er für neue Songs geschrieben hatte. Sie waren wild und lebendig, erzählten in wüsten Bildern von Wut und Revolution, von Lust und Freiheit.

»Wollen wir nicht mal verreisen?«, fragte sie, weil die Decke schon ein wenig tiefer hing.

Sie sah seinen Unwillen, bevor er den Mund öffnete.

»Gern. Lass uns nach Århus fahren.«

»Nach Århus? Wie kommst du denn darauf?«

Sie hatte eigentlich an etwas mehr Abenteuer oder Romantik gedacht, an Marrakesch oder Paris und wenn schon Dänemark, dann wenigstens Kopenhagen.

»Meine Eltern haben dort ein kleines Häuschen am Strand. Es ist wirklich nett.«

Sie schaute enttäuscht in seine Richtung, aber als er den Blick hob, zwang sie sich zu einem Lächeln und nickte.

Vor einigen Wochen waren sie einmal in seiner Wohnung gewesen. Er hatte etwas holen müssen. Klopfenden Herzens hatte sie sich in seinem Königreich umgeschaut. An der Wand hingen Fotografien, Zeugen eines Lebens vor ihr. Sie war trotzdem nähergetreten. Vor einem kleinen dänischen Holzhäuschen hielt er eine lächelnde Frau im Arm. Sie wirkte ein wenig verhuscht. Und sie sah ihr ähnlich. Auf einem anderen Foto lachte sie aus großen Blüten heraus, die sie sich vor das Gesicht hielt. Weiße Lilien.

Zu der Reise sollte es nie kommen. Denn plötzlich blieb er verschwunden. Er kam am Tag nach einem Konzert in irgendeinem gottverlassenen ostdeutschen Vorort nicht zurück.

Sein Handy lag auf dem Esszimmertisch und klingelte in einem fort. Keine der angezeigten Nummern sagte ihr etwas. Erst jetzt wurde ihr bewusst, wie oft er telefoniert hatte. Als die Batterien am zweiten Tag seines Verschwindens leer waren, atmete sie erleichtert auf.

Sie wusste nicht, was sie empfinden sollte. Dumpf. Alles war dumpf. Sie wartete, dass sie aus dem bösen Traum erwachen würde. Aber es gab kein Erwachen. Die Tage zogen sich zäh an ihr vorbei. Sie saß auf dem Sofa und sehnte sich nach dem Mann mit der großen Nase. Aber auch der hatte sie ja verlassen.

Irgendwann warf sie die letzten Lilien, die im faulig gewordenen Wasser vor sich hinrotteten, in den Müll und packte die Sachen des schönen Mannes in die Sporttasche. Sie fuhr zu seiner Wohnung. Sie klingelte, aber es regte sich nichts. Die Tasche ließ sie vor der Tür stehen.

Eines Tages stand Sven vor ihr. Er schaute sie an, und sie ließ sich in seine Arme sinken. Langsam strich er ihr über den Kopf. Er verstand sie so, dass er bleiben sollte. Also blieb er. Ob er angekommen war, konnte er nicht sagen. Für sie war es wichtig, dass der schöne Mann nicht der Letzte gewesen sein würde.

Habe ich alles richtig gemacht? Befriedigt dich das Ende? Glück gibt es nicht, für niemanden. Es ist nur die rosagepuderte Erfindung der Autoren von Kitschfilmen, so abgeklärt sind wir doch inzwischen alle, nicht wahr? Und die Liebe? Wer weiß denn schon, was das ist, wahre Liebe. Sie kommt im verführerischen Gewand und verursacht Schmerzen.

Möchtest du wissen, warum der schöne Mann nicht zurückgekommen ist? Ich weiß es.

Für sich allein genommen war all das, was passierte, nicht wirklich schlimm, hatte manchmal sogar etwas Anrührendes. Ich hätte mich damit arrangieren können, denn es gab so viel anderes, so viel Schönes, so viel, das wichtiger war. Ich begann, mir ein Leben mit ihm vorzustellen.

Warum es dann doch eskalierte, kann ich nicht genau erklären. Vielleicht begann es schon mit den eingeordneten CDs, vielleicht konnte ich ihm nicht verzeihen, dass er den Mann mit der großen Nase getötet hatte, vielleicht hasste ich meine neue Frisur. Vielleicht war es der stetige leichte Kopfschmerz, verursacht durch die allgegenwärtigen weißen Lilien.

Er hatte sich gefreut, mich unerwartet zwischen all den tanzenden, verlotterten Kindern zu entdecken. Ich wusste, er spielte nur für mich, und ich hatte noch niemals etwas so Grausames durchstehen müssen.

Die Kraft hatte ich vom Hanteln stemmen. Das hatte er so gewollt. Mit verbundenen Augen war er mir gierig lachend in den Wald gefolgt. Kiefern, die auf Sandboden wuchsen. Das Loch war schon da gewesen, von einem umgekippten Flachwurzler gerissen. Es roch betörend nach den weißen Blüten, die überall lagen und von uns zertreten wurden.

Sein Tod muss angenehm gewesen sein. Ich erschlug ihn von hinten, mit einem Stein. Im Internet hatte ich gelernt, welche Stelle ich treffen musste. In der anderen Hand hielt ich sein steifes Geschlecht. Als er kam, holte ich aus. Sein Stöhnen klang beinahe wie immer.

Bitte beachten Sie auch folgende Titel …

Carlo Stasni
Der Maler, der Mörder und der Narziss
Roman

Anfang der zwanziger Jahre des vorigen Jahrhunderts reist der junge Deutsche Bogumil Stern nach Paris, um Maler zu werden. Schnell findet er Kontakt zu zwei kirgisischen Film-Enthusiasten und zu den Prostituierten Lília und Cèsine; rauschhaft umpulst ihn das Leben. Bis Bogumil den Zorn des Mörders Gilbert auf sich zieht. Ein Geheimnis, das sich um seine Herkunft rankt, rettet dem Maler das Leben. Vorerst. – Ein Buch voller Liebe, Leben, Charme, Witz, Schicksal und Tod.

ISBN 978-3-936819-34-2
143 Seiten, Paperback

Ödön von Horváth
36 Stunden
Roman

Es sind die anderen, insbesondere die Männer, die über das Leben der Agnes Pollinger bestimmen. Eugen Reithofer, der arbeitslose Kellner, scheint anders zu sein. Doch am nächsten Abend wird er in der Schleißheimerstraße vergeblich auf sie warten.

»Die Agnes-Geschichte scheint mir eine kleine Sensation – nämlich die einzige Prosaarbeit Horváths, die seinen dramatischen Meisterwerken fast ebenbürtig ist.«

Marcel Reich-Ranicki

ISBN 978-3-936819-19-9
152 Seiten, Paperback

Sven Totenkopf
Roman auf eigene Gefahr

Die siebziger Jahre irgendwo im Ruhrgebiet: Im Schoße seiner Familie verlebt Tom Wanninger eine glückliche Kindheit. Nichts deutet darauf hin, dass er als Erwachsener einmal alle ethisch-moralischen Werte in Frage stellen und schließlich aus reiner Willkür einen Mord begehen wird.

ISBN 978-3-936819-27-4
132 Seiten, Paperback

Laabs Kowalski (Hrg.)
Die besten Stories der Welt Band 1

Meisterliche Erzählungen von Eduard von Keyserling, Rainer Maria Rilke, Paul Ernst, Hermann Sudermann und Wladimir G. Korolenko, die das Herz des Lesers mit einem Zauber umhüllen. Ein wehmütiges Wiedererinnern der Gefühle aus Kindheit und Jugend.

ISBN 978-3-936819-17-5
204 Seiten, Paperback

Christian Bartel
Seit ich Tier bin

Bartel berichtet von Männern, die vom Kirchturm fallen, mysteriösen Gemüsehändlern und einer total verkorksten Geiselnahme. Abgründig und komisch legt er die Kulissenhaftigkeit eines Lebens bloß, das als Zuhause nicht mehr taugen will. Ein unglaubliches, zudem trauriges und höchst witziges Buch.

ISBN 978-3-936819-30-4
177 Seiten, Paperback